Mete Ergin *(28 Mart 1934 - 5 Ekim 2015)*

Çevirmen. Robert Kolej mezunudur. Bir süre Boğaziçi Üniversitesi İngiliz Filolojisi bölümünde eğitim gördü. Jack London, Ernest Hemingway, Bertrand Russell, Bernard Shaw, Erskine Caldwell, O. Henry gibi yazarların eserlerini Türkçeye kazandırdı. Mete Ergin'in Gani Yener'le birlikte Türkçeye kazandırdığı *Durgun Don* (Mihail Şolohov, 4 cilt) adlı nehir roman da Yordam Edebiyat tarafından yayımlanmıştır.

Bu kitapta yer alan öyküler Mete Ergin tarafından İngilizceden çevrilmiş olup ilk olarak 1996 yılında Engin Yayıncılık tarafından yayımlanan *Son Yaprak* öykü seçkisi içinde yer almıştır.

Yordam Edebiyat: 96 • **Son Yaprak** • O. Henry
ISBN 978-605-172-403-4 • *Türkçesi:* Mete Ergin
Kapak ve İç Tasarım: Savaş Çekiç • *Birinci Basım:* Kasım 2020

Yordam Kitap Basın ve Yayın Tic. Ltd. Şti. (Sertifika No: 44790)
Çatalçeşme Sokağı Gendaş Han No: 19 Kat: 3 34110 Cağaloğlu - İstanbul
Tel: 0212 528 19 10 • **W:** www.yordamkitap.com • **E:** info@yordamkitap.com
www.facebook.com/YordamEdebiyat • www.twitter.com/YordamEdebiyat
www.instagram.com/yordamkitap

Baskı: **Uniprint Basım Sanayi ve Tic. A.Ş.** (Sertifika No: 45256)
Ömerli Mah. Hadımköy-İstanbul Cad. No: 159
Hadımköy Arnavutköy 34555 - İstanbul
Tel: 0212 798 28 40

BİR SOLUKTA KLASİKLER

O. HENRY

SON YAPRAK

ÖYKÜ

TÜRKÇESİ
METE ERGİN

yordam
edebiyat

İÇİNDEKİLER

O. Henry'nin Yaşamı ve Yapıtları*

Mete Ergin

Dünya edebiyatında O. Henry adıyla tanınan William Sidney Porter 1862 yılı Eylül ayının 11'inde, ABD'nin Greensboro kentinde dünyaya geldi. İlk öğrenim çağındaki eğitim ve terbiyesini, aynı zamanda öğretmeni olan Lina halasından aldı. Bütün Greensboro halkının sevgisini kazanmış olan "Lina Hala", özel ilkokulunda yetiştirdiği öğrencilerine, sahip olduğu edebiyat zevkini aşılamakta son derece başarılıydı. O. Henry tüm yaşamı boyunca sürecek olan kitap sevgisi ve okuma merakını işte bu sevecen insana borçludur.

William S. Porter 15 yaşına geldiğinde, amcasının eczanesine çırak olarak girdi, çok geçmeden de gerek tatlı şakacılığıyla, gerek son derecede başarılı karikatür çizimleriyle çevresinde tanınan bir kişi oldu çıktı. Ne var ki, gündüzlerini bu havasız eczanenin dört duvarı arasında hareketsiz, gecelerini de yutarcasına kitap okumakla geçiriyor oluşu dolayısıyla sağlığını yitirdi. Bu koşullar içinde geçen beş yılın sonunda hava değişimi için Teksas'ın yolunu tuttu; La Salle kentinin dışındaki büyük bir çiftliğe yerleşti. Burada sadece posta taşıyıcılığı ve koyun çobanlığı gibi hafif işlerde çalışmasına rağmen genç William, (ileride yazacağı Teksas Hikâyeleri'nde ölümsüzleştireceği) çiftliğin

* Değerli çevirmen Mete Ergin tarafından, O. Henry'nin yaşamı ve yapıtları hakkında kaleme alınan yazı bu kitap için kısaltılmıştır.

sağlıklı, tertemiz havasının ve bu bedensel çalışmaların büyük yararını gördü. Orada iki yıl kaldıktan sonra yine Teksas'taki Austin kentine taşındı ve (romantik bir aşk serüveninden sonra) 1887 yılında, Athol Ester adında on yedi yaşındaki bir kızla evlendi; bu evlilikten bir kız çocuğu oldu.

1891 yılına kadar tapu dairesinde çalışan yazar, o yıl bir bankanın Austin'deki şubesine kasiyer olarak girdi. Bu arada bir yayıncılık girişimi de oldu ve (yayın ömrü kısa süren) *The Rolling Stone* adlı bir dergi çıkararak bu dergide kalem denemeleri niteliğindeki yazılarını yayınladı. 1895 yılında, aldığı bir davet üzerine Houston'a giderek *Daily Post* gazetesine muhabir olarak girdi ve gerek karikatür çizimleri, gerek yazılarıyla kısa zamanda kendini kanıtladı.

1896 yılı Temmuzunda Austin'deki mahkemeden bir celp aldı: Bankada kasiyerlik yaparken zimmetine para geçirmekle suçlanıyordu. Yazarın tamamıyla suçsuz olduğu ve şubede çalışan bir başka memurun yanlışlığına (veya suistimaline) kurban gittiği kuşkusuzdur. Ve eğer yazar zengin imgeleminin yarattığı o büyük evhama kapılmasa, bu evham yüzünden duruşmadan kaçmasa, büyük olasılıkla dava onun aklanmasıyla sonuçlanırdı. Gelgelelim, kendisini Austin'e götüren trende bir başına arpacı kumrusu gibi duruşmayı düşünen, düşündükçe kuran, kurdukça daha büyük bir korkuya kapılan ve olası bir mahkûmiyetin utancını aklına getiren yazarın, kapıldığı dehşet içinde doğru düşünme yeteneğini yitirdiği besbellidir. Nitekim, Austin'e gitmekten vazgeçen yazar yarıyolda tren değiştirip New Orleans'a gitti ve arkadaşlarının yardımıyla bir süre orada gizlendi. Değişik adlar altında birkaç gazetenin muhabirliğini yaparak geçimini sağladı ve sonunda Honduras'a kaçmak üzere, yine arkadaşlarının yardımıyla, bir gemiye kapağı attı.

Aylarca Latin Amerika'da dolaştıktan sonra 1897 yılı başlarında, uzunca bir süreden beri ağır bir hastalık çeken karısının ölüm döşeğinde olduğu haberini alınca, ABD'ye dönüp teslim oldu. Onun kendiliğinden teslim oluşunu da dikkate alan yargıç, yazarı kefaletle serbest bırakarak duruşmayı karısının ölümüne kadar erteledi. Bir yıl sonra karısı ölünce mahkeme önüne çıkarılan yazar bütün duruşma süresince suskun kaldı, bir kez bile ağzını açıp kendini savunmadı. Beş yıl hapse mahkûm edilerek cezaevine girdi. Cezaevine girişinden çok kısa bir süre önce O. Henry takma adını kullanmaya başlamıştı.

Yazar, amcasının ecza deposunda beş yıl çalışmış olmasının yararını gördü cezaevinde. Ona cezaevinin dispanserindeki eczanede gece nöbetçiliği görevi verildi. Böylece boş zamanlarında yazılarını yazabilmek ayrıcalığına kavuştu. O da bu ayrıcalığı, özellikle kızı Margaret'in geçimini sağlama amacıyla, bol bol kullandı. Öyküleri, O. Henry takma adıyla çeşitli dergilerde yayınlanıyor, Teksas'ta ve Latin Amerika'da geçen serüvenler üzerine kurulu öyküleri popüler dergi okurları arasında ününü hızla yaygınlaştırıyordu.

İyi hali göz önünde bulundurularak erken tahliye edilen yazar cezaevinden çıktığında artık William Sidney Porter değil, çektiği çilelerin olgunlaştırdığı kişiliğine soyluluk katılmış, hiç kimseye kin beslemeyen, yüreği hemcinsleri için sevgi ve sevecenlikle dolu, tanınmış usta yazar O. Henry idi. Ömrünün geri kalan sekiz yılını geçireceği New York'a yerleşti; büyük bir istekle (haftada bir öykü) yazmaya koyuldu. Yazarlık işi dışında kalan zamanının çoğunu meyhanelerde, lokantalarda, kabarelerde geçiriyor ve arabacılarla, garson kızlarla, aktörlerle, esnafla ahbaplık ediyordu. O dönemde kaleme aldığı öykülerinin hemen hemen tümü işte bu (yaşantılarına derin ve sevecen bir ilgiyle yaklaştığı) insanlar üzerinedir.

O. Henry'nin ilk kitabı *Cabbages and Kings* (1904) Honduras renkleri içinde fantastik kişilerin yer aldığı öykülerden oluşur. *The Four Million* (1906) tekdüze yaşantıları içinde aşk ve serüven arayan New York halkını anlatır. *The Trimmed Lamp* (1907) adını taşıyan kitabında yer alan öyküler de aynı biçimde büyük kent insanlarının yaşantılarıyla ilgilidir. *Heart of the West* (1907) adlı kitabında Teksas'ın sığır ve koyun çiftliklerinde geçen ve yöreyi gerçeğe uygun biçimde yansıtan duygulu, büyüleyici öyküleri toplanmıştır.

Çok sevilen ve okunan bir yazar olmasına, çok para kazanmasına rağmen O. Henry aşırı derecede eliaçık ve kendisinden yardım isteyen hiç kimseyi geri çeviremeyecek kadar sevecen oluşu yüzünden hep para sıkıntısı içinde yaşamış, kısa ömrünün son yılları ciddi sağlık sorunları ve mali bunalımlar içinde geçmiştir. Alkol bağımlılığının zaten bozuk olan sağlığı üzerindeki yıkıcı etkisine bir de 1907 yılındaki ikinci evliliğinin mutsuzluğu eklenince, 5 Haziran 1910'da yaşama gözlerini kapadı yazar.

Eserleri pek çok yabancı dile çevrilmiş, geniş halk yığınlarına ulaşmış olan O. Henry ile Türk okurlarının ilk karşılaşması, ölümünden ancak 27 yıl sonra ve pek çok Rus yazarını da Türk okurlarına ilk kez tanıtan değerli çevirmen Hasan Âli Ediz sayesinde olmuştur. Hasan Âli Ediz'in Rusçadan yaptığı bu ilk O. Henry çevirileri (B. Deniz takma adıyla) 1937 yılında *Son Posta* ve *Tan* gazetelerinde yayınlanmıştı.

Duygusallığı gülmece ile harmanlayan, karakter çözümlemelerini şaşırtıcı rastlantıların "beklenmedik son"la biten örgüsü içine ustaca yerleştiren ve bunları yaparken, yaşadığı dönemdeki Amerikan toplumunun çarpıklıklarını o eşsiz üslubuyla ince ince iğnelemekten de geri kalmayan, kısa öykü dalının bu büyük ustası kısa yazarlık yaşamında hepsi de birbirinden güzel 273 öykü yazdı.

Onun öyküleri arasından bir seçim yapabilmenin zorluğu konusunda edebiyat eleştirmenleri görüş birliği içindedirler; bu zorluğu en veciz açıklayan Amerikalı bir eleştirmen şöyle diyor: "Eğer O. Henry'nin öykülerinden en güzelini seçmeye kalkışacaksanız, bence yapılacak en doğru şey, öykülerinin tümünün adlarını küçük küçük kâğıtlara yazıp bir şapkanın içine doldurmak ve şapkanın içinden rastgele birini çekmektir."

Ocak 1996

Son Yaprak

(THE LAST LEAF)

WASHINGTON MEYDANI'NIN batısındaki küçük bir mahallenin sokakları şahrem şahrem yarılıp parçalanarak, "ara sokaklar" denilen ufak şeritlerden ibaret hale gelmiştir. Bu "ara sokaklar" garip açılar ve dönemeçler yapar. Sokağın biri, bir iki yerde kendi kendisiyle kesişir. Günün birinde bir ressam bu sokakta değerli bir olanak keşfetti. Hele bir düşünün; tahsildar efendi çantasında yağlı boya, kâğıt ve kanava faturalarıyla bu sokakta giderken, birdenbire kendini ters yönde olmak üzere ve alacak hesabından bir kuruş bile tahsil edemeden, geldiği yerde buluveriyor!

İşte bu yüzden, çok geçmeden –ille de kuzeye bakan pencereler, tavanı pencereli çatı odaları, on sekizinci yüzyıl tarzı alınlıklar ve düşük kira arayarak, eski zamanlardan kalma bu tuhaf görünüşlü Greenwich Mahallesini kolaçan eden– ressamlar takımı sökün etti. Ondan sonra, Altıncı Caddeden alınma birtakım gümüş taklidi kupalarla, bir iki fondü takımı da getirip bir "koloni" oluverdiler.

Üç katlı bodur bir tuğla yığınının tepesinde Sue ile Johnsy'nin stüdyosu vardı. "Johnsy", Joanna adının teklifsizcesiydi. Biri Maine'li, öbürü de Kaliforniyalıydı. Sekizinci Caddedeki, İtalyan taklidi lokantalardan birinde tabldot yiyenlere ayrılmış olan masada tanışmışlar; sanat, hindiba salatası ve bol yenli entariler konusunda zevkleri öylesine uyuşmuştu ki, bunun sonucunda ortak stüdyo doğmuştu.

Bu, mayısta olmuştu. Kasımda, doktorların zatürre adını verdikleri göze görünmeyen, soğuk nevale bir yabancı, buz gibi parmağıyla insanın ötesine berisine dokunarak koloniyi sinsi sinsi dolaştı. Bu barbar, Doğu Yakasında kurbanlarını gözünü kırpmadan yığın halinde vurarak, iri adımlarla gezindi, ama "ara yollar"ın yosun tutmuş dapdaracık labirentine gelince adımları yavaşladı.

Bay Zatürre, şövalye ruhlu kıranta centilmen denilen tiplerden değildi. Vurmaktan soluk soluğa kalmış, yumruğundan kan damlayan bu kaşarlanmış kenenin kalkıp da, Kaliforniya'nın sıcak rüzgârlarından kanı sulanmış mini minicik bir kadıncağıza saldırması hiç de yakışık almazdı. Ama o tuttu, Johnsy'yi vurdu, yatağa düşürdü. Johnsy boyalı demir karyolasında kıpırdamadan yatıyor, Felemenk tarzı küçük pencerelerden, yandaki tuğla evin çıplak duvarını seyrediyordu.

Bir sabah, işi başından aşkın doktor, pöstekiyi andıran kırlaşmış kaşıyla bir işaret yaparak Sue'yu koridora çağırdı.

Cıvayı indirmek için derecesini silkelerken, "Onda... diyelim ki, onda bir şans var," dedi. "Bu şans da, onun yaşamayı istemesi olasılığıdır. Milletin hep böyle, cenaze kaldırıcılarından yana çıkması karşısında eczacılık mesleği küçük düşüyor. Sizin küçük hanım kararını vermiş, iyileşmeyecekmiş. Kafasında bir şey mi var?"

"Bir gün Napoli Körfezi'nin yağlı boya resmini yapmak istiyordu," dedi Sue.

"Resim mi?.. Pöh! Kafasında şöyle, iki kere düşünmeye değer bir şey... örneğin bir erkek, var mı?"

Sue, düdük gibi çıkan tiz bir sesle, "Erkek mi?" dedi. "Erkek de değer mi yani... şey, hayır, doktor; öyle bir şey yok."

"Eh, öyleyse zayıflıktan," dedi doktor. "Bilimsel yönden yapılabilecek ne varsa hepsini yapmaya çalışacağım. Ama hastam, kendi cenaze alayına katılacak arabaları saymaya başladı mı, ilaçların iyileştirme güçlerinden yüzde elli düşerim. Eğer ona, palto kollarındaki kışlık yeni biçimler konusunda bir soru sordurabilirseniz, o zaman kendisi için onda bir yerine, beşte bir şans vadederim size."

Doktor gittikten sonra Sue atölyeye geçerek, bir kâğıt peçeteyi kâğıt hamuru haline getirene kadar ağladı. Sonra resim tahtasını alıp, ıslıkla oynak bir hava tutturarak, yapmacıklı bir edayla Johnsy'nin odasına girdi.

Johnsy, yüzü pencereye dönük, yorgan döşek kıpırdamadan yatıyordu. Sue onun uyuduğunu sanarak ıslığı kesti.

Resim tahtasını yerleştirdi ve bir dergi hikâyesi için hazırladığı tire resmi çizmeye başladı. Genç yazarların kendilerini edebiyatçılığa götürecek yolu hazırlamak amacıyla dergilere yazdıkları hikâyeleri, genç çizerler de resimleyerek, kendilerini ressamlığa götürecek yolu hazırlamak zorundadırlar.

Sue, hikâyenin kahramanı olan Idaho'lu kovboya, at panayırlarında giyilen cinsten şık bir külotla bir monokl çizerken, bir sesin hafiften birkaç kez tekrarlandığını işitti. Hemen karyolanın yanına gitti.

Johnsy'nin gözleri apaçıktı. Pencereden dışarıya bakıyor ve sayıyordu... geriye doğru sayıyordu.

"On iki," dedi, biraz sonra da "on bir"; arkasından "on", sonra "dokuz"; daha sonra, hemen birbiri arkasından "sekiz" ve "yedi".

Sue, tasayla karışık bir merakla dışarı baktı. Sayılacak ne vardı acaba? Görünürde sadece kasvetli, bomboş bir avlu ile altı yedi metre ötedeki tuğla evin çıplak duvarı vardı. Budaklı köklerinden çürümüş, yaşlı mı yaşlı bir Frenk asması, tuğla duvarın yarı boyuna kadar tırmanmıştı. Güzün soğuk nefesi yapraklarını düşürmüş, ufalanmakta olan tuğlalara iskeleti andıran dallarıyla tutunan asmayı hemen hemen çıplak bırakmıştı.

"Ne var, şekerim?" diye sordu Sue.

Johnsy âdeta bir fısıltı halinde, "Altı" dedi. "Artık hızla düşüyorlar. Üç gün önce neredeyse yüz tane vardı. Saymaktan başıma ağrı giriyordu. Ama şimdi kolaylaştı. İşte, biri daha gitti. Topu topu beş tane kaldı şimdi."

"Beş tane ne, şekerim? Söyle bakayım Sudie'ciğine."

"Yapraklar - Frenk asmasının yaprakları. Sonuncusu da düşünce, ben de mutlaka gideceğim. Üç gündür biliyorum bunu. Doktor söylemedi mi sana?"

Sue, çalımlı bir küçümsemeyle, "Aman, saçmanın böylesini de hiç duymamıştım," diye söylendi. "Yaşlı Frenk asmasının yapraklarıyla senin iyileşmen arasında ne ilişki var? Üstelik sen o asmayı o kadar da severdin eskiden, seni gidi yaramaz kız, seni. Hadi, hadi aptallık etme; hem doktor bu sabah bana, çabuk iyileşme olasılığının -dur bakayım, ne dediğini iyice toparlayayım hele- dedi ki, şansın onda birmiş! Eh, bu da bizlerin New York'ta tramvaya bindiğimiz ya da yeni yapıların önünden geçtiğimiz zamanki yaşama şansımız kadar iyi bir şans sayılır aşağı yukarı. Hadi, şimdi gayret et, biraz çorba iç de bırak Sudie'ciğin resmini yapabilsin ki, resmini editör olacak herife satabilsin; hasta çocuğuna Porto şarabı, kendi aç gözlü nefsine de domuz pirzolası alabilsin."

Johnsy, dışarıya dikili gözlerini ayırmadan, "Artık şarap filan almana lüzum yok," dedi.

"İşte, bir tanesi daha gidiyor. Hayır, çorba filan istemiyorum. Bununla geriye dört tane kaldı. Hava kararmadan sonuncunun da düştüğünü görmek istiyorum. Ondan sonra ben de gideceğim."

Sue, yatağın üzerine eğilerek, "Johnsy, canımın içi," dedi, "ben çalışmamı bitirene kadar gözlerini yumup, pencereden dışarı bakmayacağına söz verir misin bana? Şu resimleri yarın teslim etmem gerekiyor. Işığa ihtiyacım var; yoksa storu indirirdim."

Johnsy soğuk bir tavırla, "Öbür odada çizemez miydin?" diye sordu.

"Senin yanında bulunmayı tercih ediyorum," dedi Sue. "Üstelik o meymenetsiz asma yapraklarına bakmanı da istemiyorum."

Yıkılmış bir heykel gibi bembeyaz, kımıldamadan yatan Johnsy, gözlerini kapatarak, "Bitirir bitirmez bana haber ver," dedi, "çünkü son yaprağın düşüşünü görmek istiyorum. Beklemekten usandım. Düşünmekten usandım. Beni hayata bağlayan bütün bağları koyvermek, tıpkı o zavallı yorgun yapraklardan biri gibi aşağılara doğru süzülmek, süzülmek istiyorum."

"Uyumaya çalış," dedi Sue. "Benim gidip, Behrman'ı yukarı çağırmam gerekiyor; dünyadan elini eteğini çekmiş şu yaşlı maden arayıcısını çizebilmem için bana modellik edecek. Bir dakikaya kalmaz dönerim. Ben dönene kadar sen sakın yerinden kımıldayayım deme."

Koca Behrman onların altında, zemin katında oturan bir ressamdı. Altmışını geçkindi ve bir keçi ayaklı ilah başından cüce bir cin gövdesine doğru, Mikelanj'ın Musa'sındaki gibi bukle bukle inen sakalları vardı. Resim alanında başarı kazanamamıştı. Kırk yıldır fırça sallamasına rağmen daha başarının yanından bile geçmemişti. Öteden beri bir şaheser yaratma hazırlığı içinde bulunuyorduysa da şaheserine hiç başlamamıştı. Yıllardır, ticaret ya da reklam konularıyla ilgili olarak ara sıra yaptığı ucuz resimler dışında hiçbir eser meydana getirmiş değildi. Profesyonel model tutmaya gücü yetmeyen kolonideki genç ressamlara modellik yaparak kıt kanaat geçinir giderdi. Küp gibi ardıç rakısı içer, hâlâ daha yapacağı şaheserden dem vururdu. Bunların dışında, her kimde görürse yufka yüreklilikle acı acı alay eden ve kendini, yukarıdaki stüdyoyu tutan iki genç ressamı korumakla görevli bir bekçi köpeği sayan huysuz bir ihtiyardı.

Sue, ağzı leş gibi ardıç rakısı kokan Behrman'ı aşağıda, loş bekâr odasında buldu. Bir köşede, bir resim sehpasında, yirmi beş yıldır şaheserin ilk çizgilerini bekleyen boş bir tuval duruyordu. Sue ona Johnsy'nin kuruntusunu ve cılız bir yaprak kadar nahif olan kızın, dünyadaki güçsüz tutamağının daha da zayıflamasıyla göçüp gideceğinden korktuğunu anlattı.

Koca Behrman, kan çanağına dönmüş gözlerinden akan yaşları saklamaya çalışmaksızın, böyle budalaca kuruntulara karşı duyduğu aşağılamayı alaycı ve acı bir dille, bağıra bağıra ortaya döktü.

"Vass!"* diye haykırdı. "Allah cezzasi asmanın yapraklar döküyor sebebiynen ölecek kadar aptallık insanlar var mı dünyada? Hiç işitmedim böyle bir şey. Hayır, vermiyeceğim sana o ahmak tarik dünya modeli için boz.** Niççin bırakıyorsun bu saçmaliklar girsin onun kafasında? Ach, zavallıcık Miss Yonsi.***"

"Çok hasta, çok zayıf düştü," dedi Sue. "Yüksek ateşten sonra kafası böyle hastalıklı kaldı, acayip kuruntulardan kurtulamaz oldu. Pekâlâ Mr. Behrman, bana modellik yapmak istemiyorsanız, yapmayın. Ama bana kalırsa, siz kocamış korkunç bir gevezesiniz."

"Saçı uzun aklı kısa, işte o sen!" diye haykırdı Behrman. "Kim dedi boz vermeyeceğim? Haydi. Senin ile geliyorum. Yarım saat beri burada anlatmak için çalışıyorum ki, hazırım boz vermeye. Miss Yonsi kadar iyi bir insan hasta yatacak burada, yok burası öyle yer. Bir gün bir şaheser yapacayim, o zaman kurtulacayiz buradan. Gott!**** Kurtulacayiz."

Yukarı çıktıklarında Johnsy uyuyordu. Sue, storu sonuna kadar indirdi ve işaretle Behrman'ı öbür odaya çağırdı. Öbür odanın penceresinden korka korka, Frenk asmasını seyrettiler. Sonra bir dakika kadar, konuşmadan birbirlerinin yüzüne baktılar. İnadına soğuk bir yağmur atıştırıyordu. Behrman sırtında eski mavi gömleğiyle, yaşlı tarik-i dünya madenci pozunda, kaya yerine kullandıkları tersine çevrilmiş bir tencereye oturdu.

---

* Almanca: "Ne!"

** "Poz" demek istiyor. (Orijinalindeki gibidir.) –*çev.*

*** "Consi" şeklinde telaffuz edilmesi gereken Johnsy adını Alman şivesiyle "Yonsi' diye telaffuz ediyor. (Orijinalindeki gibidir.) –*çev.*

****Almanca: "Tanrım!"

Ertesi sabah Sue, topu topu bir saat süren uykusundan uyandığında, Johnsy'nin, fal taşı gibi açık, donuk gözlerini aşağıya kadar çekili yeşil stora dikmiş olduğunu gördü.

Johnsy fısıltı halinde, "Kaldır storu! Görmek istiyorum," diye emretti.

Sue yorgun argın, onun isteğini yerine getirdi.

Ama, hayret! Hiç bitmeyecekmiş gibi gelen upuzun gece boyunca aralıksız yağan yağmur ve şiddetle esen rüzgârdan sonra, tuğla duvarın önünde bir asma yaprağı hâlâ yerinde duruyordu. Asmanın üstünde kalan son yapraktı bu. Sapına yakın tarafları hâlâ koyu yeşil kalmakla birlikte, testere ağzı gibi tırtıllı kenarlarına ölümün ve çürümenin sarı rengi gelmiş olan yaprak, yerden altı yedi metre yüksekteki bir dala yiğitçe asılmış duruyordu.

"Bu sonuncusu," dedi Johnsy. "Geceleyin mutlaka düşer diye düşünmüştüm. Rüzgârı duydum. Bugün düşecektir, o düştüğü an ben de öleceğim."

Sue, bitkin yüzünü yastığa doğru yaklaştırarak, "Şekerim, şekerim," dedi; "kendini düşünmüyorsan beni düşün. Ne yaparım sonra ben?"

Ama Johnsy cevap vermedi. O gizemli, o uzun yolculuğa hazırlanan bir ruh kadar yapayalnız hiçbir şey yoktur yeryüzünde. Johnsy'yi dostluğa ve dünyaya bağlayan bağlar birer birer çözüldükçe, kuruntuların onu daha kuvvetle pençesine aldığı anlaşılıyordu.

Ağır ağır geçen gün sona erdiğinde onlar o alacakaranlıkta bile, asma yaprağının duvarın önünde sapına tutunmakta olduğunu görebiliyorlardı. Derken, yağmur bir yandan hâlâ pencereleri döver, Felemenk tarzı alçak saçaklardan tıpır tıpır damlarken, gecenin bastırmasıyla karayel de yeniden gemi azıya aldı.

Hava yeteri kadar aydınlanır aydınlanmaz, Johnsy, aman zaman dinlemeyerek, storun kaldırılmasını emretti.

Asma yaprağı hâlâ yerindeydi.

Johnsy yattığı yerden uzun uzun yaprağı seyretti. Sonra, gaz sobasının üstünde ısıttığı tavuk suyuna çorbayı karıştırmakta olan Sue'ya seslendi.

"Münasebetsizlik ettim, Sudie," dedi Johnsy. "Benim ne kötü bir insan olduğumu göstermek istercesine, bir kuvvet o son yaprağı orada tuttu. Ölümü istemek günahtır. Şimdi bana azıcık tavuk suyu verebilirsin, hem, içine bir parça Porto şarabı koyarak biraz süt de ver, bir de... hayır önce bana bir el aynası getir; sonra da arkama bir iki yastık yerleştiriver; oturup, yemek pişirmeni seyredeceğim."

Bir saat sonra ise şöyle dedi:

"Sudie, bir gün inşallah şu Napoli Körfezi'nin resmini yapacağım."

Akşamüstü gelen doktor ayrılırken, Sue da bir bahaneyle dışarı çıktı.

Doktor, Sue'nun titreyen zayıf elini avucuna alarak, "Olasılıklar yarı yarıya," dedi. "İyi bakarsanız siz kazanırsınız. Şimdi alt kattaki bir başka hastaya bakmam gerekiyor. Behrman'mış adı, ressam mıymış neymiş. O da zatürre. Yaşlı, zayıf bir adamcağız, üstelik de çok ağır seyrediyor hastalığı, kurtulma umudu yok; ama daha rahat eder diye bugün hastaneye kaldırılıyor."

Ertesi gün doktor, Sue'ya, "Tehlikeyi atlattı," dedi. "Siz kazandınız. Artık beslenme ve iyi bakım, o kadar."

O gün öğleden sonra Johnsy yattığı yerde memnun memnun, hiç gereği olmayan masmavi bir şal örmekteyken, Sue onun karyolasının başucuna gelerek, yastıklarıyla mastıklarıyla birlikte kucakladı Johnsy'yi.

"Bak, sana ne diyeceğim, beyaz fare," dedi. "Mr. Behrman bugün hastanede zatürreden öldü. Topu topu iki gün hasta yattı. Hastalandığı günün sabahı kapıcı onu aşağıda, odasında sancıdan kıvranırken bulmuş. Pabuçları, elbisesi baştan aşağı sırılsıklam, her yanı buz gibiymiş. Öyle korkunç bir gecede nereye çıktığına akıl sır erdirememişler. Sonra, hâlâ yanık duran bir gemici feneri, yerinden sürüklene sürüklene çıkarılmış bir portatif merdiven, bir de üstünde birbirine karışmış sarı, yeşil boyalarla bir palet ve sağa sola saçılmış birkaç fırça bulmuşlar. Şimdi bak şu pencereden, şekerim; duvardaki son asma yaprağına bak. Rüzgâr estiği zaman onun neden oynamadığını, neden kımıldamadığını hiç merak etmedin mi? Ah, canım, Behrman'ın şaheseri bu işte; *son yaprağın* düştüğü gece oraya bu yaprak resmini yapmış."

Noel Hediyesi

(THE GIFT OF THE MAGI)

BİR DOLAR SEKSEN YEDİ SENT. Tamamı o kadardı. Bunun altmış senti de penilerden ibaretti. Bakkalı, manavı ve kasabı pazarlıkta -hem de böylesine sıkı pazarlığın işaret ettiği pintilikle üstü kapalı bir biçimde suçlanmanın insanın yüzünü kızartan utancı altında kalana dek süren çekişmeli pazarlıklarda- pes ettirerek, birer ikişer artırılmış penilerden... Della üç kere saydı paraları. Bir dolar seksen yedi sent. Üstelik de ertesi gün Noel'di.

Eski püskü kanepeye kendini sönmüş bir balon gibi bırakıp, bağıra bağıra ağlamaktan başka yapacak şey kalmamıştı. Della da öyle yaptı. Bu durum, akla ister istemez hayatın burun çekmeler başta gelmek üzere, hıçkırıklar, burun çekmeler ve gülümsemelerden ibaret olduğu düşüncesini getiriyor.

Evin hanımı yavaş yavaş yatışıp, hıçkırık aşamasından burun çekme aşamasına geçerken, biz eve şöyle bir göz atalım. Haftalığı sekiz dolara, döşeli bir daire. Bu döşeli daire gerçi sefalet yuvası sayılmazdı ama, hiç kuşkusuz, olanakları kıt bir daire idi.

Aşağıda, merdiven sahanlığında, içine hiçbir mektubun girmek istemeyeceği bir mektup kutusu ile hiçbir ölümlü parmağın çaldıramayacağı bir zil düğmesi vardı.

Bu zil düğmesinin üstüne, "Mr. James Dillingham Young" adını taşıyan bir de kart iliştirilmişti.

"Dillingham" adının harfleri, sahibinin haftada 30 dolar kazandığı daha önceki bir refah döneminde pırıl pırıl imiş. Şimdi, gelir haftada 20 dolara düşünce, "Dillingham"ın harfleri de âdeta büzüle büzüle mütevazı, gösterişsiz bir D harfinde toplanmak istermiş gibi bulanık bir görünüş almıştı. Bununla birlikte, Mr. James Dillingham Young eve her geldiğinde, yukarıdaki dairesine ulaşır ulaşmaz, daha önce sizlere Della diye tanıtılan Mrs. James Dillingham tarafından "Jim" diye karşılanır ve büyük adamlara layık bir biçimde kucaklanır. Bütün bunlara bir diyecek yok.

Della ağlamasını bitirdi, paçavraya dönmüş pudra ponponunu çıkararak yanaklarını pudraladı. Pencerenin önünde dikilerek dışarısını -kurşuni bir avlunun kurşuni parmaklığı üzerinde yürüyen kurşuni bir kediyi- seyre daldı. Ertesi gün Noel geliyordu, onun ise Jim'e hediye almak için topu topu bir dolar seksen yedi senti vardı. Aylardan beri artırabildiği her peniyi bir kenara koyduğu halde, biriktire biriktire işte bu kadar biriktirebilmişti. Yirmi dolar haftalıkla daha fazlası da yapılamazdı ki. Masraflar onun tahminlerini aşmıştı. Hep öyle olurdu zaten. Jim'e, Jim'ine hediye almak için bir dolar seksen yedi sentçik. Ona güzel bir şey alma planları kurarak pek çok mutlu saatler geçirmişti. Güzel, nadir ve sahici bir şey; Jim'in malı olmak şerefine hiç değilse bir parçacık uygun düşecek bir şey. Odanın pencereleri arasında bir boy aynası vardı. Sekiz dolarlık bir dairede belki böyle bir ayna görmüşsünüzdür. Ancak, çok zayıf ve çok çevik bir insan bu aynadaki yan yana dizilmiş boyuna şeritler halindeki yansılarına bakarak, görünüşü hakkında oldukça doğru bir fikir edinebilir. Della, zayıf ve nahif olduğundan, bu işte ustalık kazanmıştı.

Birdenbire pencerenin önünden ayrılarak, aynanın önünde durdu. Gözleri pırıl pırıl parlıyordu, ama yirmi saniye içinde beti benzi soluverdi. Saçlarını hızlı hızlı çözüp, upuzun aşağı bıraktı.

Ha, James Dillingham Young'ların her ikisinin de müthiş gurur duydukları iki şeyleri vardı. Bunlardan biri Jim'in, dedesinden babasına, babasından da kendisine kalan altın saatiydi. Öbürü ise Della'nın saçları. Hani, aydınlığın karşı tarafındaki dairede Saba Melikesi oturuyor olsaydı, sırf majestelerinin mücevherleriyle gelen armağanları onun gözünden düşürmek için Della'nın bir gün tutup, kurutmak için saçlarını pencereden sarkıtması yeterdi. Hazreti Süleyman o apartmanda kapıcılık etse ve bütün hazineleri zemin katında yığılı bulunsa, sırf onun kıskançlıktan sakalını yolduğunu görmek için, Jim'in oradan her geçişinde saatini çıkarması yeterdi.

İşte şimdi, Della'nın saçları pırıl pırıl, ışıl ışıl, kahverengi bir çavlan gibi onu sararak dökülüyordu. Çavlan, Della'nın dizinin altına kadar, âdeta onun için biçilmiş bir kaftan gibi indi. Sonra Della sinirli sinirli, çabucak tekrar topladı saçlarını. Bir ara, bir dakikalık bir tereddüt geçirdi ve bu süre içinde eskimiş kırmızı halının üstüne bir iki damla gözyaşı düştü.

Eski kahverengi ceketini, eski kahverengi şapkasını giydi. Hâlâ gözlerinde kıvılcımlanan pırıltılar olduğu halde, heyecanla kapıdan fırladı, merdivenleri inip sokağa çıktı.

Üzerinde, "Madam Sofronie. Her Cins Saç Eşyası." yazılı bir tabelanın önüne gelince durdu. Della bir kat merdiveni koşa koşa çıktı, soluk soluğa kendine bir çekidüzen verdi. İri yarı, bembeyaz tenli, soğuk görünüşlü biri olan Madam, hiç de "Sofronie"ye benzemiyordu.

"Saçımı alır mısınız?" diye sordu Della.

"İşim saç satın almaktır," dedi Madam. "Hele şapkanı çıkar da, görünüşüne bir bakalım."

Çavlan pırıl pırıl döküldü.

Madam, saçları deneyimli eliyle şöyle bir tartarak, "Yirmi dolar," dedi.

"Hemen verin parayı," dedi Della.

Bundan sonraki iki saat pembe kanatlar üstünde uçarcasına geçirildi. Benzetmenin canına okuduk ya, neyse, siz şimdi boş verin buna. Della, Jim'e hediye bulmak için mağazaların altını üstüne getiriyordu.

Sonunda buldu hediyeyi. Hiç kuşkusuz Jim için yapılmıştı bu, başkası için yapılmış olamazdı. Öbür mağazaların altını üstüne getirdiği halde, hiçbirinde buna benzer bir şey bulamamıştı. Gerçek değerini göz boyayıcı sahte süslemelerle değil, sadece özüyle ve –her iyi şeyden beklenildiği gibi– dosdoğru ortaya koyan, basit, temiz bir işçiliğe sahip platin bir saat köstekiydi bu. Hatta, Jim'in saatine layık bile denebilirdi. Della daha görür görmez, onun Jim'in köstekiği olması gerektiğini anlamıştı. Jim'e benziyordu bu köstek de. Ağırbaşlılık ve değerlilik; bu tanım her ikisine de uyuyordu. Köstekğe yirmi bir dolar istediler Della'dan. Della da 87 sentle acele acele evinin yolunu tuttu. Saatine bu köstek takılı olduktan sonra, artık Jim kimin yanında olursa olsun saatin kaç olduğunu merak edebilir ve bu merakı yadırganmazdı.

Saati gerçi muhteşemdi ama Jim köstek yerine kullandığı eski kayış yüzünden saatine bazen, kimseye göstermeden, gizlice göz atardı.

Della eve vardığında esrikliği yerini bir parçacık basiret ve sağduyuya bıraktı. Saç maşasını çıkardı, havagazını yaktı ve aşkla el ele veren cömertliğin meydana getirdiği yıkıntıyı onarmaya girişti. Bu ise her zaman için zorlu bir iştir, aziz dostlarım, dev gücü gerektiren bir iş.

Kırk dakika içinde kafası, ona son derece sevimli bir okul kaçağı öğrenci görünüşü veren sık buklelerle dolmuştu. Aynadaki yansısına uzun uzun, dikkatle, eleştirici bir gözle baktı.

Kendi kendine, 'Eğer Jim daha ilk bakışında beni öldürmezse,' dedi, 'Coney Island'daki şarkıcı kızlara döndüğümü söyleyecektir. Ama ne yapabilirdim – Ah! bir dolar seksen yedi sentle ne yapabilirdim ki?'

Saat yedide kahve pişirilmiş, tava da sobanın üzerinde kızdırılmış, pirzolaları kızartmaya hazır bekliyordu.

Jim hiç gecikmezdi. Della saat köstеğini katlayarak avucunun içine aldı, gitti, Jim'in her zaman içeriye girdiği kapının yakınındaki masanın bir köşesine ilişti. Derken, Jim'in ta aşağıdan, birinci kat merdivenlerinden gelen ayak seslerini duydu ve bir an için bembeyaz kesildi. Della'nın en basit, günlük olağan şeylerde bile içinden dua okuma huyu vardı; bu sefer de şöyle mırıldandı: 'Yalvarırım Tanrım, beni bu halimle de beğendir ona.'

Kapı açıldı, Jim içeri girip kapıyı kapadı. Süzülmüş, pek ciddi bir ifade gelmişti yüzüne. Zavallıcık henüz yirmi iki yaşındaydı: üstelik de bir ailenin yükünü sırtlanmış olarak! Yeni bir pardösüye ihtiyacı olduğundan başka, eline giyecek eldiveni de yoktu.

Jim kapıdan içeri adımını attı ve bıldırcın kokusu almış bir seter gibi kımıldamadan kaldı. Gözlerini Della'ya dikmişti ve bu gözlerde Della'nın bir türlü çıkaramadığı bir ifade vardı; çıkaramadığı bu ifade Della'yı fena halde korkuttu. Bu ne öfke, ne hayret, ne beğenmeyiş, ne dehşet ne de Della'nın kendini hazırladığı herhangi bir başka duygu ifadesiydi. Jim, yüzünde o garip ifadeyle gözlerini dikmiş, öylece bakakalmıştı Della'ya.

Della kıvrak bir hareketle masadan ayrılıp Jim'in yanına gitti.

"Jim, sevgilim," diye bağırdı, "ne olur öyle bakma bana. Saçlarımı kestirip sattım, zira Noel'i sana bir hediye vermeden imkânı yok geçiremezdim. Saçlarım gene uzar - kızmayacaksın, değil mi? Ne yapayım, başka çarem yoktu. Benim saçlarım inanılmayacak kadar çabuk uzar. Hadi, 'Neşeli Noeller!' de ki, mutluluğumuz yerine gelsin. Sana ne cici, ama ne kadar cici, ne kadar güzel bir hediye aldığımı bilemezsin."

Jim, en zorlu bir kafa çalışmasından sonra bile hâlâ o apaçık gerçeği anlayamamış gibi, güçlükle, "Saçlarını kestirdin, ha?" diye sordu.

"Kestirdim ve sattım," dedi Della. "Beni bu halimle de beğenmiyor musun yoksa? Saçım olmasa da ben, yine aynı Della değil miyim yani?"

Jim odaya merakla göz gezdirdi.

Neredeyse budalaca bir ifadeyle, "Yani, saçların gitti mi diyorsun?"

"Hiç boş yere aranma," dedi Della. "Satıldı, dedim ya, satıldı ve gitti. Noel arifesindeyiz, yavrucuğum. Bana iyi davran, zira senin için gitti saçlar." Sonra aniden ciddileşen tatlı bir tonla devam etti: "Kafamdaki saç telleri sayılıdır belki, ama sana olan aşkım hesaba kitaba sığmaz. Pirzolaları koyayım mı, Jim?"

Jim o kendinden geçiş halinden çabucak kurtuluverdi. Della'sını kucakladı. On saniye kadar başımızı öte yana çevirip, kılı kırk yaran bir dikkatle, konumuzla hiçbir ilişkisi bulunmayan bir nesneyi inceleyelim biz. Haftada sekiz dolar olmuş ya da yılda bir milyon olmuş, ne fark eder? Bir matematikçiye ya da allamenin birine soracak olsanız, size mutlaka yanlış cevabı verirdi. Müneccimler* değerli hediyeler getirmişlerdi, ama yukarıdaki sorunun cevabı yoktu bu hediyelerin arasında. Bu üstü örtülü iddia, daha sonra aydınlatılacaktır.

Jim, pardösüsünün cebinden bir paket çıkardı, masanın üzerine attı.

"Sakın beni yanlış anlama, Della," dedi. "Ne saç tıraşı, ne sakal tıraşı ne de bir şampuan şu ya da bu şekilde benim sevgilimi daha az sevmeme bir neden olabilir. Ama eğer şu paketi açacak olursan, önce neden beni biraz şaşırttığını anlarsın."

Beyaz ve becerikli parmaklar sicimi koparıp kâğıdı yırttı. Derken, çılgınca bir sevinç çığlığı; daha sonra da heyhat! Dairenin efendisinin, bütün yatıştırma gücünü derhal hızmete sokmasını gerektiren, kadınlara özgü anı bir dönüşmeyi izleyen histerik gözyaşları ve feryatlar.

Zira TARAKLAR duruyordu önünde: Della'nın Broadway'deki bir vitrinde uzun zaman önce görüp de vurulduğu tarak takımı. Halis bağadan, kenarları elmas kakmalı güzelim taraklar; tam da elden çıkmış o güzelim saçların renk tonunda. Pahalı taraklardı bunlar, Della da

* Hz. İsa'ya, doğumunda hediyeler getiren müneccimlerdir. –*çev.*

bunu bildiği için onlara sahip olma umuduna hiç kapılmadan taşımıştı özlemini yüreğinde. Şimdi ise işte onun olmuştu taraklar; gelgelelim, tarakların süsleyeceği saç lüleleri, üzerlerine titrenen o ziynet elden gitmiş bulunuyordu.

Ama Della tarakları göğsüne bastırdı ve nihayet buğulu gözlerini kaldırıp gülümseyerek, "Saçlarım o kadar çabuk uzar ki, Jim!" diyebildi.

Bunun ardından Della, tüyleri alazlanmış bir kedi gibi havaya sıçrayarak, "Ah, ah!" diye bağırdı.

Jim güzel hediyesini görmemişti daha. Della avucunu açarak, Jim'in hediyesini sevinçle uzattı. Donuk renkli değerli maden, âdeta Della'nın parlak ve ateşli ruhunun yansımasıyla ışıldıyor gibiydi.

"Ne cici değil mi, Jim? Bunu buluncaya kadar şehrin altını üstüne getirdim. Artık günde yüz kere saatine bakarsın. Saatini versene. Takılınca nasıl duracağını merak ediyorum."

Jim, Della'nın dediğini yapacağı yerde, sırtüstü kanepeye uzandı, ellerini başının arkasına koydu ve gülümsedi.

"Della," dedi, "Noel hediyelerimizi bir kenara koyalım da bir süre saklayalım. Şimdilik kullanamayacağız onları; her ikisi de gerektiğinden fazla güzel. Senin tarakları alabilmek için saatimi sattım. Eh artık, pirzolaları koysan bari."

Yemlikteki Bebeğe* hediyeler getiren Müneccimler ileri görüşlü -son derece ileri görüşlü- adamlardı. Noel'de hediye verme sanatını onlar icat ettiler. İleri gö-

* Yeni doğmuş Hz. İsa kastediliyor. Zira Hz. İsa bir ahırda, yemliğin içinde dünyaya gelmiştir. -*çev.*

rüşlü oldukları için, getirdikleri hediyeler de hiç kuşkusuz akıllıca ve aynı türden olmaları durumunda değiş tokuş edilebilme olanağını taşıyan hediyelerdi.* İşte sizlere, evlerinin en değerli hazinelerini, ileri görüşlü olmadıklarından birbirleri için feda eden, iki akılsız çocuğun bir apartman katındaki olaysız öyküsünü kırık dökük nakletmiş bulunuyorum. Ama çağımızın aklıevvellerine de son söz olarak şunu söylemek gereklidir ki, bütün hediye verenlerle hediye alanlar içinde en ileri görüşlüler, bunlar gibileridir. Her yerde, en ileri görüşlüler bu gibilerdir. Onlar müneccimlerdir.**

---

* Müneccimlerin Bebek Hz. İsa'ya getirdikleri hediyeler, "altın, gümüş ve günlük" idi. *–çev.*

** Öykünün özgün adı da zaten "Müneccimlerin Hediyesi"dir. *–çev.*

Jimmy Hayes ile Muriel

(JIMMY HAYES AND MURIEL)

I

AKŞAM YEMEĞİ BİTMİŞ, sırma gibi tütünden cıgaralar sarılırken kampın üzerine bir sessizlik çökmüştü. Suvak, kara toprağın içinde, gökyüzünün yere düşmüş bir parçası gibi ışıldıyordu. Çakallar uluyordu. Boğuk toynak sesleri, bukağı vurulmuş atların bir yerdeki otu yiyip bitirdikten sonra, ot bulunan başka bir yana gitmek için sıçradıklarını anlatıyordu. Teksas Atlı Muhafızları Sınır Taburu'na bağlı yarım bölük asker kamp ateşinin çevresine yayılmıştı.

Kampın üst tarafındaki sık çalılıklardan tanıdık bir ses –tahta üzengilere takılıp kurtulan, sürtünen fundaların hışırtısı– duyuldu. Muhafızlar tetikte dinlediler. Gür, şen bir sesin, güven verircesine yüksek perdeden bağırdığını duydular:

"Sık dişini be Muriel, koca kız, geldik neredeyse işte! Seni Nuh Nebi'den kalma, cıvataları gevşemiş karı bozuntusu seni, yolculuk uzun geldi, değil mi? Dur lan, dur, bırak şimdi beni öpmeyi! Asılıp durma o kadar yakama be, anladık işte, şu alacalı midillinin ayakları da hiç doğru dürüst basmıyor yere, bak söyleyeyim sana. Gözümüzü açmazsak ikimizi birden yere yuvarlar ha."

Aradan iki dakika geçmeden, alacalı bir yorgun midilli ağır ağır kampa girdi. Eyerin üstünde, yirmi yaşlarında sırık gibi bir delikanlı yan gelmiş oturuyordu. Biraz önce kendisiyle konuştuğu "Muriel" ortalıkta görünmüyordu.

Binici şen bir tavırla, "Merhaba, arkadaşlar!" diye bağırdı. "Teğmen Manning'e bir mektup getirdim."

Delikanlı yere indi, atın eyerini aldı, kangal halinde duran kemendini yere attı, eyer kaşından bukağısını çözdü. Komutan, Teğmen Manning mektubu okurken, yeni gelen de atının ön ayakları zarar görmesin diye, bukağının halkalarında kuruyup kalmış çamur parçalarını temizledi.

Teğmen elini yeni gelenden yana sallayarak, "Çocuklar, Mr. James Hayes'i tanıtayım size," dedi muhafızlara. "Kendisi bizim bölüğe yeni atanmış bulunuyor. Yüzbaşı McLean onu ta El Paso'dan yollamış. Midillini köstekle de, çocuklar karnını doyursunlar senin, Hayes."

Muhafızlar yeni geleni candan karşıladılar. Ama yine de onun hakkında bir yargıda bulunmak için acele etmeyip, delikanlıyı kurnaz bakışlarıyla göz hapsine aldılar. Sınır boyunda aralarına yeni biri katılırken, askerler, kendine sevgili seçen bir kızın gösterdiğinden on kat fazla dikkat gösterirler. Yaşamınız çoğu kez sizinle yan yana at sürenin sinirlerinin sağlamlığına, serinkanlılığına ve sadakatine bağlıdır.

Hayes tıka basa karnını doyurduktan sonra ateşin çevresinde cıgaralarını tüttürenlerin arasına katıldı. Delikanlının görünüşü, muhafız arkadaşlarının kafalarındaki soruların hepsini gidermeye yetmemişti. Sırık gibi uzun, ince yapılı, keten rengi saçları güneşten iyice açılmış, tunçlaşmış zeki yüzünden tatlı, şakacı bir gülümsemenin eksik olmadığı bir delikanlı görüyorlardı karşılarında, hepsi o kadar.

"Arkadaşlar," dedi yeni muhafız, "size bir hanım dostumu tanıştıracağım. Gerçi şimdiye kadar onu hiç kimse güzel bulmamıştır, ama sizin onda bazı güzel taraflar da bulunduğunu kabul edeceğinize eminim. Gel bakayım buraya, Muriel!"

Delikanlı mavi gömleğinin önünü tutup açtı. Koynundan boynuzlu bir kurbağa çıktı. Kurbağanın kabarcıklarla dolu boynuna özenle bir kırmızı kurdele bağlanmıştı. Kurbağa sürüne sürüne gitti sahibinin dizine oturdu ve orada kımıldamadan durdu.

Hayes, söylev verir gibi elini havaya kaldırarak, "Bu bizim Muriel'in," dedi, "bir sürü erdemleri vardır. Azarlandı mı hiç karşılık vermez, hep evde oturur, günlük ve bayramlık elbise olarak da bir tek kırmızı entariyle yetinir."

Muhafızlardan biri sırıtarak, "Şu utanmaz böceğe de bakın hele," dedi. "Bu boynuzlu kurbağalardan çok gördüm ben, ama can yoldaşı diye yanında kurbağa taşıyan bir insana hiç rastlamamıştım. Seni başkasından ayırt edebiliyor mu bari, bu utanmaz?"

"Al, şuraya götür de gör," dedi Hayes.

Boynuzlu kurbağa diye bilinen güdük kuyruklu ufak kertenkele zararsız bir yaratıktır. Soyundan geldiği tarih öncesi canavarları kadar iğrenç bir görünüşü olmakla birlikte güvercinden daha zararsızdır.

Muhafız, Muriel'i Hayes'in dizinin üstünden aldı ve dönüp, dürülmüş battaniyelerin üstündeki yerine oturdu tekrar. Hayvan, muhafızın elinde kıvranmaya, debelenmeye, canını dişine takarak çırpınmaya başladı. Muhafız onu bir iki dakika kadar elinde tuttuktan sonra yere bıraktı. Kurbağa, acayip biçimde hareket eden bacaklarını gülünç bir tarzda, ama hızlı hızlı işleterek Hayes'in ayağının dibine kadar geldi.

"Vay anasını, be!" dedi öteki muhafız. "Küçük orospu tanıyor seni billahi. Bu böceklerde bu kadar akıl olduğunu hiç bilmezdim!"

II

Jimmy Hayes, muhafızlar kampının en sevilen kişisi haline geldi. Kamp yaşayışına çok iyi uyan yumuşak, tatlı, ardı arkası kesilmez şakalar, latifeler deposuydu sanki bu delikanlı. Boynuzlu kurbağasını da bir saniye bile yanından ayırmıyordu. Yürüyüş sırasında Hayes'in koynunda, kamp kurulduğu zaman dizinde, geceleyin de battaniyesinin altında duran bu ufacık, çirkin hayvan Hayes'i hiç bırakmazdı.

Jimmy, ıssız Güney ve Batı'da rastlanan nüktedan tiplerdendi. Karşısındakileri eğlendirmek için yeni yeni yöntemler ya da gülünç kavramlar bulacak kadar hünerli olmadığından, aklına komik bir şey geldi mi, artık hep onun üzerinde dururdu. Arkadaşlarını eğlendirmek için yanında evcil, boynuna kırmızı kurdele bağlı boynuzlu bir kurbağa gezdirmek de Jimmy'ye göre gülünecek şeydi.

Eh, bu mutlu fikir bir kere kafasına doğduktan sonra niye hep tekrarlamasındı bunu?

Jimmy ile kurbağa arasındaki duygudaşlığın niteliğini kesinlikle anlamaya olanak yoktu. Boynuzlu kurbağaların insanlara sürekli sevgi duyabilme yetenekleri konusunda hiçbir eser okumuş değiliz. Jimmy'nin duyguları üzerinde tahminlerde bulunmak daha kolay. Muriel, Hayes'in nüktelerinin CHEF D'AEUVRE'üydü,* Hayes de onun üzerine işte bu yüzden titriyordu. Muriel için sinek yakalar, aniden çıkıveren poyrazlara karşı onu sipere alırdı. Bununla birlikte Hayes'in kurbağasına sevgisi yarı bencildi ve zamanı geldi mi, kurbağa kendisine gösterilen sevgiyi bin katıyla öderdi. Başka Muriel'ler de, başka Jimmy'lerin hafif kalan sevgileri karşısında işte böyle ağır basarlar.

Jimmy Hayes'in, arkadaşlarının kardeşçe sevgilerini tam anlamıyla kazanması öyle çabucak olmadı. Sadeliğinden, maskaralığından ötürü onu seviyorlardı, ama koskoca bir kesinleşmemiş yargı kılıcı hâlâ Hayes'in tepesinde sallanıp duruyordu. Bir muhafızın yaşantısı içinde, kampa neşe vermek her şey demek değildir, izine düşülecek at hırsızları, kovalanacak gözü kararmış caniler, çarpışılacak haydutlar, fundalıkların içinden sürülüp çıkarılacak eşkıya vardır; altıpatların namlusu ucunda barışı ve asayişi zorla koruma işi onu beklemektedir. Jimmy, kendi dediğine göre ömrünün çoğunu "sığır çobanı" olarak geçirmiş; muhafızların savaş usullerine alışık değilmiş. Bu yüzden muhafızlar, Jimmy yanlarında değilken, onun ateş altında nasıl davranacağı konusunda uzun uzun düşünüyor, ciddi ciddi tartışmalara giriyorlardı. Zira şurasını belirtelim ki, her muhafız bölüğünün onuru ve gururu tek tek bölük üyelerinin cesaretine bağlıdır.

Sınır boyunca barış ve düzen iki ay süreyle bozulmadı. Muhafızlar kampta işsiz güçsüz, yan gelip yatıyorlardı.

* *Fr.* Şaheser.

Derken, Meksikalı ünlü bir serdengeçti, ünlü bir at hırsızı olan Sebastiano Saldar çetesiyle birlikte Rio Grande'yi aşarak Teksas yakasını kasıp kavurmaya başlayınca, paslanmaya başlayan sınır muhafızlarının keyfi yerine geldi. Jimmy Hayes'in çok yakında kendini gösterebilme fırsatını elde edeceği anlaşılıyordu. Muhafızlar devriye görevlerini ne kadar hızlı yerine getirirlerse getirsinler, altlarında yel gibi kaçan hayvanları olan Saldar'ın adamlarını bir türlü yakalayamıyorlardı.

Bir akşam uzun bir yürüyüşten sonra, güneş batarken, akşam yemeklerini yemek için mola verdiler muhafızlar. Eyerli bıraktıkları atları soluk soluğa kalmıştı. Askerler tavada domuz pastırması kızartıyor, kahve pişiriyorlardı. Birdenbire çalılıkların arasından fırlayan Sebastiano Saldar ile çetesi, pırıl pırıl parlayan altıpatlarıyla, çığlıklar atarak muhafızlara saldırdı. Tam bir baskındı bu. Muhafızlar öfkeyle küfürler savurarak, Winchester'leriyle ateş etmeye başladılar; ne var ki, saldırı, saf kan Meksikalı usulü, gösteri niteliğindeki bir saldırıdan ibaretti. Süslü gösteriden sonra akıncılar yine çığlıklar ata ata aşağıya, ırmağa doğru dörtnala sürüp gittiler. Muhafızlar hemen atlarına atlayıp haydutların ardına düştüler, ama daha iki üç kilometre bile gitmeden hayvanları öyle bir solumaya başladı ki, Teğmen Manning, kovalamadan vazgeçip kampa dönme emri verdi.

İşte o zaman Jimmy Hayes'in ortadan kaybolduğunu gördüler. İçlerinden biri, saldırı başladığı sırada onu midillisine doğru koşarken gördüğünü hatırladı, ama ondan sonra kimse görmemişti Jimmy'yi. Vurulmuş, yaralanmıştır diye düşünerek bütün çevreyi arayıp taradılar, ama boşuna. Sonra Saldar'ın çetesinin ardına düştüler, ne var ki, çete ortadan kaybolmuştu. Teğmen Manning, alçak Meksikalının kendilerine gösterişli bir şekilde allahaısmarladık dedikten sonra tekrar ırmağın öbür yakasına geçtiği sonucuna vardı. Gerçekten de, ondan sonra Saldar'ın yağma yaptığına dair hiçbir haber çıkmadı.

Böylelikle de muhafızlar, uğradıkları hayal kırıklığının sonucunda yüreklerinde filizlenen acıyı iyice yeşertecek zamanı bol bol buldular. Daha önce de söylediğimiz gibi, bir bölüğün onur ve gururu, üyelerinin tek tek göstereceklerі kişisel yiğitliğe bağlıdır. Onlar ise şimdi, Meksikalıların kurşunlarının ilk vızıltısında, Jimmy Hayes'in korkaklığının meydana çıkmış olduğuna inanıyorlardı. Başka bir şey düşünülemezdi. Buck Davis, Jimmy'nin atına doğru koşarken görüldüğü andan sonra, Saldar'ın çetesinin tek kurşun atmadığına dikkati çekti. Bu bakımdan, Jimmy'nin vurulmuş olma ihtimali de yoktu. Evet, evet, Jimmy daha ilk çarpışmada tüymüş; arkadaşlarının aşağılayıcı bakışları önünde durmanın, bir sürü namlu önünde durmaktan daha beter olacağını bildiği için de bir daha onların yanına dönememişti.

Sınır taburuna bağlı Yüzbaşı McLean'ın süvari bölüğünden Teğmen Manning'in kumandasındaki müfreze, işte bu yüzden son derece kederliydi. Askerlik tarihi içinde, sınır muhafızlarından birinin bile ödleklik gösterdiği görülmüş şey değildi. Üstelik hepsi de Jimmy Hayes'i sevmişlerdi; bu ise üzüntülerini daha da artırıyordu.

Günler, haftalar, aylar geçtiği halde, hiç akıldan çıkmayan o korkaklık olayı, ufak bir bulut gibi hâlâ kampın üzerinden gitmiyordu.

III

Aşağı yukarı bir yıl kadar sonra -bir sürü yerde kamp kurulduktan ve yüzlerce mil sınır boyu korunup savunulduktan sonra- Teğmen Manning hemen hemen tamamıyla eski askerlerinden meydana gelmiş eski müfrezesiyle, birtakım kaçakçıların ardına düşmesi için ırmak boyundaki eski kamp yerlerinin altı yedi kilometre kadar aşağısındaki bir yere gönderildi. Bir akşamüstü müfreze bir düzlükteki sık çalılıkların arasından geçerken, çalılıklar arasında yama gibi duran, çimenlerle örtülü bir ufak açıklığa rastladı. İşte o açıklıkta, yazılmadan oynanmış bir facia sahnesiyle karşılaştılar.

Büyük bir hendeğin içinde üç Meksikalı iskeleti duruyordu. Kimlikleri ancak elbiselerinden anlaşılabiliyordu. İskeletlerin en irisi, vaktiyle Sebastiano Saldar olan adamındı. Altın işlemelerle süslü kocaman, pahalı sombrerosu -Rio Grande dolaylarında büyük ün salmış bir şapkaydı bu- üç kurşunla delinmiş, yanı başında duruyordu. Hendeğin kenarına üç Meksikalının, üçü de aynı yöne çevrilmiş, paslanmakta olan Winchester'leri dayalıydı.

Muhafızlar, tüfeklerin çevrili olduğu yönde elli metre kadar ilerlediler. Orada, yerdeki hafif bir çukurluğun içinde, tüfeğiyle hâlâ üç Meksikalıya doğru nişan almakta olan bir başka iskelet yatıyordu. Tam anlamıyla bir imha savaşı olmuştu burada. Yalnız savunucunun kimliğini ortaya koyacak hiçbir şey yoktu. Havanın, yağmurun ve güneşin etkisiyle tanınmayacak hale gelmiş elbisesi, herhangi bir çiftçinin ya da sığır çobanının giyebileceği türdendi.

"Haydutların burada tek başına kıstırdıkları bir sığır çobanı," dedi Manning. "Yaman çocukmuş! Onlar onu haklayana kadar esaslı iş görmüş bulunduğu yerden. Don Sebastiano'dan bir daha ses çıkmayışının nedeni buymuş demek!"

Tam o sırada, ölünün paçavra haline gelmiş elbisesinin altından boynuna kırmızı kurdele bağlı bir boynuzlu kurbağa çıktı ve çok uzun bir zamandan beri kımıldamadan yatan efendisinin omzuna oturdu. Kurbağa sessiz sessiz, onlara acemi delikanlının ve "alacalı" midillinin öyküsünü -o gün Meksikalıların ardına düştükleri sırada kendilerinin bütün öteki muhafızları nasıl geride bıraktıklarını, delikanlının nasıl bölüğün onurunu kurtarmak için toprağa düştüğünü- anlattı.

Muhafız müfrezesinin askerleri bir araya sokuldular ve aynı anda hepsinin dudaklarından müthiş bir haykırış koptu. Bu haykırış hem bir ağıt, hem bir af dileme, hem bir mezar taşı kitabesi hem de bir zafer şarkısıydı. Şehit düşmüş bir yoldaşın cesedi başında söylenen anlaşılması zor bir rökyem diyebiliriz; ama eğer Jimmy Hayes hayatta olsaydı o anlardı bu rökyemi.

Yasa ve Düzen

(LAW AND ORDER)

GEÇENLERDE KENDİMİ yine Teksas'ta buldum; eskiden gördüğüm, gezdiğim yerleri tekrar ziyaret ediyordum. Yıllar önce bir süre beni konuk etmiş olan bir koyun çiftliğinde bir hafta kadar kaldım. Bütün konukların yaptığı gibi ben de büyük bir hevesle çiftlikte gözümün kestiği bir işe sarıldım; benim katıldığım bu işe koyun daldırma derler.

Bu koyun daldırma işinin yapılışı insanoğlunun vaftiz edilişinden epeyce değişik olduğundan, birkaç kelimeyle üzerinde durmaya değer. Yarıya kadar suyla dolu koskocaman bir demir kazanın altında cehennem ateşinin yarısı kadar bir ateş yakılır ve su çarçabuk kaynamaya başlar. Suyun içine derişik kül suyu, kireç, kükürt katılır ve bunların duman çıkara çıkara iyice kaynayıp birbirine karışması beklenir; en sonunda bu cadı çorbası, cadının kendi kolunu kavuracak kadar yakıcı bir karışım haline gelir.

Sonra bu yoğun sıvı alınır, derin ve uzun bir tekne içinde, yüzlerce litre sıcak suyla karıştırılır, koyunlar da arka ayaklarından tutularak bu sıvının içine atılır. O işle görevlendirilmiş bir beyefendi elinde bulundurduğu ucu çatallı bir sırıkla koyunları bu sıvıya iyice daldırdıktan sonra, koyunların kendilerini can havliyle tekneden dışarı atıp çıkmalarına izin verilir ve bir ağıla salıverilen hayvanlar bünyelerinin güçlü olup olmadığına göre orada ya kurur ya da ölürler. Siz tabii, iki yaşında, güçlü kuvvetli bir koçu arka ayaklarından yakalayıp da onu teknenin içine fırlatana kadar, hayvanın 750 voltluk tepmesini arka arkaya on yedi kez kollarınızda duyduktan sonra, kuruyacağı yerde gebermesini dilersiniz.

Bütün bunları sadece, kol kaslarımızın canına okuyan koyun daldırma işi bittikten sonra Bud Oakley ile birlikte yakındaki bir suvatın kıyısında bize yumuşacık gelen toprağa uzandığımız vakit duyduğumuz keyfin nedenini ve derecesini açıklayabilmek için anlattım. Sürü ufak olduğundan, öğleden sonra saat üçte işimizi bitirmiştik; bunun üzerine Bud, eyerinin boynuzuna asılı heybeden kahve, içinde kahve pişirilen bir kap, kocaman bir somun parçasıyla, biraz domuz pastırması getirdi. Çiftlik sahibi, eski arkadaşım Mr. Mills atına atlayıp Meksikalı çobanlardan meydana gelmiş birliğini ardına takarak çiftliğe gitti.

Domuz pirzolası tatlı tatlı cızırdarken, ardımızda at toynaklarının çıkardığı bir gürültü duyduk. Bud'ın altıpatları elinden on adım kadar ötede, kılıfı içinde duruyordu. Bir atlının arkamızdan yaklaşmakta oluşundan ötürü kılı bile kıpırdamadı Bud'ın. Teksaslı bir çiftçinin bu tutumu eski anlayışa o kadar aykırı düşüyordu ki, hayretten küçük dilimi yuttum. Geriden bizi tehdit eden olası düşmanın ne menem bir şey olduğunu anlamak için, içgüdüsel bir hareketle arkama döndüm. Dere boyunca sakin sakin at süren siyah elbiseli bir adamdı bu; bir avukat, papaz ya da bir ölü kaldırıcı olabilirdi.

Benim ihtiyatlı davranışımı gören Bud, alay eder yollu, ama aynı zamanda üzüntülü bir ifadeyle gülümsedi.

"Sen uzun zaman buralardan uzak kaldın," dedi. "Artık bu eyalette geriden dörtnala bir atlı geldiği zaman, sırtına bir şey çarpmadıkça geri dönüp bakmana gerek yok; sırtına bir şey çarparsa eğer, o da çoğunlukla ya bir tomar dinsel broşürdür ya da kartellere karşı açılan bir kampanyada altına imzanı koymanı istedikleri bir dilekçedir. Şu geçen adama başımı bile çevirip bakmadım, ama içki yasağı koydurmak için oy avcılığına çıkmış sahtekâr deyyusun biri olduğuna kalıbımı basarım."

Ben, cevahir yumurtluyormuşçasına, "E, devir değişti, Bud," dedim. "Artık Güney'de ve güneybatıda yasa ve düzen hüküm sürüyor."

Bud'un açık mavi gözlerinde soğuk bir pırıltı görür gibi oldum.

Aceleyle, "Beni yanlış anlama, ben, ben..." dedim.

"Tabii yanlış anlamadım seni," dedi Bud yatıştırırcasına. "Sen daha iyi bilirsin. Buralarda daha önce de bulundun. Yasa ve düzen mi dedindi? Evet, vaktiyle yasa ve düzen vardı burada. Topu topu iki üç tane yasamız vardı bizim; tanık önünde cinayet işlemeyi, at çalarken suçüstü yakalanmayı ve Cumhuriyetçilere oy vermeyi yasaklayan yasalar. Bir de şimdiki duruma bak! Sadece bir düzen lafıdır gidiyor; yasalarsa eyaletin hiçbir işine yaramıyor. O yasa yapanlar Austin'e postu sermişler, gaz yağıyla okul kitaplarının eyalete sokulmasını yasaklayan yasalar koymaktan başka bir şey yaptıkları yok. Bana kalırsa bunlar günün birinde birisinin çıkıp, işinden sonra evinde kendi kendine çalışıp aydınlanacağından, bilgi sahibi olacağından ve gelip eski yasaları hükümsüz kılan yeni yasalar koyacağından korkuyorlar. Yasa ve düzen denilince akla gerçekten de yasa ve düzen geliyorsa, ben eski devirden yanayım. Yasa yasaydı, düzen de düzen o zamanlar."

"Ama," diye başlayacak oldum.

"Dur, sözüm bitmedi," diye devam etti Bud. "Şu kahve kaynayasıya kadar sana kendi başımdan geçen, gerçek yasa ve düzenle ilgili bir olayı anlatacağım; davaların yüksek mahkeme salonlarında değil, altıpatların toplarındaki mermi yuvalarında görüldüğü zamanlarda geçmişti bu olay.

"Sığır kralı Ben Kirkman'ın adını duymuşsundur herhalde, değil mi? Çiftliğinin bir ucu Nueces'de, öteki ucu Rio Grande'deydi. Bilirsin, o zamanlar sığır baronları ve sığır kralları vardı. Bir sığır baronuyla sığır kralı arasındaki fark şuydu: Bir sığır yetiştiricisi San Antone'ye gidip de gazete muhabirlerine bira ısmarlayarak onlara sadece kendi sığırlarının sayısını söyledi mi, gazeteciler onu gazeteye sığır baronu diye geçirirlerdi. Sığır yetiştiricisi onlara şampanya ısmarlayıp, kendi sığırlarının sayısına çaldığı sığırların sayısını da ekleyerek rakam verirse, o zaman ona sığır kralı derlerdi.

"Luke Summers da işte o sığır kralı Kirkman'ın kamp çavuşlarından biriydi. Günün birinde çiftliğe New York'tan mı, Kansas City'den mi, oralardan bir yerden bir alay Uzak Doğulu geldi. Bunların yolu üzerine çıkacak çıngıraklı yılanlarla geyiklere bir kötülük gelmemesi için hayvanları önceden uyarmak amacıyla bu Uzak Doğulular atlı gezintilere çıktıkları zaman, bir manga adamla birlikte Luke da onların yanında giderdi. Bu Uzak Doğulular sürüsünün içinde, minimini ayakları olan kara gözlü bir kız da vardı. Kızın kara gözleriyle ayaklarının ufaklığından başka bir yanı dikkatimi çekmemişti benim. Ama Luke onda daha başka taraflar da görmüş olacak ki, kendi çiftliğini kurarak yerleşmek için Canada Verde'ye dönmek üzere yola çıkmadan bir gün önce bu kızla evlendi. Öykünün duygusal yanını görmediğim, görmek de istemediğim için, orasını mahsus atlıyorum. Eski arkadaşı olduğum ve sığırlarını da istediği gibi idare edebileceğim için, Luke beni de yanına aldı.

"İşin bu yanını görmediğim, görmek de istemediğim için, büyük bir bölümünü atlıyorum - yalnız, üç yıl sonra, Luke'un çiftlik evinin içinde ve verandasında, ağzından baloncular çıkaran bir oğlan bebek badi badi dolaşmaya başlamıştı. Benim öteden beri çocuklarla başım hoş değildir, ama anlaşılan onların başı hoşmuş. Hikâyeyi uzatmamak için bir bölümünü atlıyorum. Derken, günün birinde çiftliğe Doğu'dan Bayan Summers'ın bir sürü ahbabı geldi arabalarla, gelenlerden ikisi kadındı, bunlardan biri Bayan Summers'ın kız kardeşi mi neydi, ötekileri bilmiyorum. Geri kalan üç kişiden ikisi erkek, biri de bir erkek bozuntusuydu. Erkeklerden biri, amcaya filan benziyordu ya, ötekinin hiç kimseye benzediği yoktu. Erkek bozuntusu ise daracık pantolon giyip, sesine bir eda vererek konuşuyordu. Ben öyle sesine eda vererek konuşan erkeklerden hiç hazzetmemişimdir.

"Bundan sonrasını atlıyorum; ama bir akşamüstü, sığırlar için talimat almak üzere atla çiftlik evine gidiyordum. Tam çiftliğe yaklaştığım sırada silah sesine benzer bir şey duydum. Özel işlere burnumu sokmak istemediğim için, sundurmanın orada durup bekledim. Biraz sonra evden Luke çıktı, Meksikalı yardımcılardan birkaç tanesine emirler verdi, adamlar evin önüne bir yük arabasıyla bir de binek arabası çektiler. Aradan saniye geçmeden, evden, kız kardeşlerden biriyle, o iki erkekle öteki erkek bozuntusu çıktılar. Ne var ki, iki erkek, sesine eda vererek konuşan erkek bozuntusunu kollarından bacaklarından tutmuş taşıyorlardı; taşıdıkları züppeyi getirip arabalardan birine kalıp gibi uzattılar. Hepsinin birden artlarına bakmadan, apar topar bir çekip gidişleri vardı, görülecek şeydi yani.

"Luke, 'Bud,' dedi bana, 'yanına alacak neyin varsa toparla, benimle San Antone'ye kadar gelmeni istiyorum.'

"'Şu benim Meksika mahmuzlarını takayım, hemen geliyorum seninle,' dedim.

"Kız kardeşe benzeyenlerden biri Bayan Summers ve çocukla çiftlikte kaldı. Luke'la birlikte atlarımızı sürüp Encinal'a vardık, orada ekspresе atladığımız gibi ertesi sabah San Antone'ye indik. Kahvaltımızı ettikten sonra, Luke beni ardına kattı, birlikte bir avukatın yazıhanesine gittik. Luke'la avukat bir odaya girip konuştular, sonra çıktılar.

"'Siz hiç merak etmeyin, Bay Summers, her şey yolunda gidecektir,' dedi avukat. 'Ben, bugün durumu olduğu gibi Yargıç Simmons'a anlatırım; sorunu en kısa sürede çözümleriz. Bu eyaletteki yasa ve düzenin işleyiş hızına bütün memlekette hiçbir şey erişemez.'

"'Eğer yarım saatten fazla sürmeyecekse bekleyeyim de ilamı alıp öyle döneyim bari,' dedi Luke.

"'Aman, aman,' dedi avukat. 'Yasa normal yolundan uygulanmalıdır. Öbür gün saat dokuz buçukta gelin siz.'

"Söylenilen gün ve saatte Luke'la ikimiz yazıhanede bittik; avukat çıkardı ilamı, Luke'un eline tutuşturdu. Luke da ona bir çek yazdı.

"Dışarı çıktığımızda, yaya kaldırımında Luke ilamı burnuma doğru uzatarak gösterdi ve mutfak kapısı mandalı iriliğindeki parmağını kâğıdın üstüne bastırarak şöyle dedi bana:

"'Çocuğun ve-la-ye-tiyle birlikte, tam bo-şan-ma.'

"Ben de dedim ki bunun üzerine: 'Hiçbir şey anlamadığım bölümlerini atlarsak, bu bana bir ayrılma gibi geliyor. Yalnız şu avukat efendi bu ayrılmayı senin iyiliğin için dört başı mamur halledip de, çocuğu da öbür tarafa bıraktıramaz mıydı?'

"'Bud,' dedi Luke acı dolu bir sesle, 'ben hayatta sadece bu çocuk için yaşıyorum. Ötekinin canı cehenneme; ama oğlan benimdir! Düşünsene bir, oğlanın velayeti bende.'

"'Öyle olsun,' dedim. 'Madem yasa böyleymiş, biz de yasaya uyalım. Yalnız bana kalırsa,' dedim, 'Yargıç Simmons bizim için bir kerecik ayrıcalık yapabilir, uslandırıcı merhamet mi, her ne ise işte yasal adı, onu gösterebilirdi.'

"Ben her nedense çiftlikte öyle yavrular görmekten pek hoşlanmıyordum; kendi başına beslenebilip de büyüdükleri zaman canlı canlı satıldıklarında şöyle iyi para eden toynaklı yavrular başka tabii. Gelgelelim Luke'un babalık damarları öyle bir kabarmıştı ki, anlayabilene aşk olsun. İstasyondan çiftliğe atla dönerken, bütün yol boyunca ikide birde ilamı cebinden çıkarıp parmağını kâğıdın üstüne basarak, bana özünü okudu durdu.

"'Çocuğun ve-la-ye-ti, Bud,' diyordu. 'Unutma bunu, çocuğun ve-la-ye-ti.'

"Ne var ki, çiftliğe vardığımız zaman, bizim mahkeme ilamının davalı tarafından hükümsüz sayıldığını gördük. Bayan Summers'la oğlan çiftlikten gitmişlerdi. Luke'la ben San Antone'ye gitmek için yola çıktıktan bir saat sonra, Bayan Summers bir araba hazırlatmış, eşyasını yükletip veledini de alarak en yakın istasyonun yolunu tutmuş.

"Bunun üzerine Luke cebinden ilamı bir kez daha çıkarıp özünü okudu.

"'Olamaz böyle şey, Bud,' dedi, 'olamaz böyle şey. Yasaya ve düzene aykırı bir iş bu. Gün gibi açık yazıyor burada işte "Çocuğun ve-la-ye-ti," diyor.'

"'Hani insanın içinden öyle geliyor ki,' dedim, 'ikisini birden -çocuk hariç- yakala ve tepele.'

"Luke sözüne devamla, 'Yargıç Simmons yasanın temsilcisidir yahu,' dedi. 'Çocuğu alıp götüremez o karı. Teksas eyaletinin onayını taşıyan yasa hükümlerince çocuk benimdir.'

"'Eh işte,' dedim ben de, 'kadının fendi yasayı yendi; karı milleti haktan, yasadan anlar mı? Yasa masa dinlemeden, kaptığı gibi kaçırır çocuğu böyle. Biz yine Tanrıya şükredelim ki, bize acıdı,' diyecek oldum, ama baktım ki, Luke beni dinlemiyor bile. Yorgun olmasına rağmen at değiştirip yine istasyonun yolunu tuttu.

"İki hafta sonra çiftliğe döndü, ama bu sefer ağzını bıçak açmıyordu.

"'İzlerini bulamadık,' dedi, 'ama her yana telgraf tellerinin dayanabileceği kadar telgraf yağdırdık, dedektif adını verdikleri şu şehir muhafızlarına da gözlerini açmalarını bildirdik. Biz bu süre içinde şu sığırları Brush Creek'e götürelim de, Bud, bırakalım yasa kendi bildiği gibi çözsün bu işi.'

"Ondan sonra da bir daha, tahmin edebileceğin gibi, hiç hayale mayale kapılmadık.

"Ondan sonraki on iki yıl içinde olanların çoğunu atlıyorum. Günün birinde bizim Luke, Mojada iline şerif oldu. Beni de tuttu kendine şerif yardımcısı yaptı. Sakın öyle aklına yanlış şeyler gelmesin ha; şerif yardımcısının görevi defter tutmak ya da meyve suyu sıkar gibi mektup dosyalamak değildi. O zamanlar bir şerif yardımcısının görevi, şerif masasının başında kilometreleri hesaplarken, biri gelip de onu arkadan zımbalamasın diye, arka pencereleri kollamaktı. Eh, o zamanlar da bu iş için aranılan nitelikler bende vardı. Hem o zamanlar Mojada ilinde yasa ve düzen hüküm sürdüğü gibi, memlekette istediğin kadar okul kitabı, istediğin kadar viski de vardı ve devlet savaş gemisi yapmak için şimdiki gibi öğrencilerinden ufak para dilenmez, savaş gemilerini kendi parasıyla yapardı. Dediğim gibi, o vakitler yasa ve düzen hüküm sürüyordu, öyle şimdiki gibi, bizim koskoca devlet babanın devletlığine halel getirecek kısıtlamalar, kararnameler filan yoktu. Büromuz, il merkezi olan Bildad'daydı; gerektiği zaman büromuzdan çıkar, yetki sınırlarımız içinde dolaşır, herhangi bir düzensizlik olmamasını sağlardık.

"Luke'la benim şeriflik ettiğimiz süre içinde olanların çoğunu atlayarak, sana sadece o devirde yasaya nasıl saygı gösterildiği konusunda bir fikir vermek istiyorum.

"Luke, dünyanın en vicdanlı insanlarından biriydi. Öyle kitaplarda yazılı olan yasadan filan pek anlamazdı, ama adalet duygusu onda bir Tanrı vergisiydi ve bu adalet anlayışının içinde merhamet de büyük bir yer tutuyordu. Eğer saygıdeğer bir vatandaş bir Meksikalıyı vuracak ya da bir treni durdurarak kasayı soyacak olur da Luke'un eline düşerse, Luke onu öyle bir azarlar, öyle bir çıkışırdı ki, adam da herhalde tövbe eder, bir daha böyle şeyler yapmazdı. Ama birisi bir at çalmaya (tabii bir İspanyol midillisi çalarsa onun önemi yok), bir dikenli tel çitini kesmeyegörsün, işte o zaman Mojada ilinin düzen ve onurunu korumak için Luke ile ben elimizde kelepçe, tabanca, tutuklama müzekkeresi ve daha buna benzer bir sürü, adaleti ve nezaketi korumak için icat edilmiş şeyle adamın ardına düşerdik.

"İlimizin düzenini hiç kuşkusuz adalete uygun bir şekilde koruyorduk. Hani o Doğulu sınıfından, benekli benekli kasketler, düğmeli, ilikli pabuçlar giyen nice adamlar bilirim, Bildad'da trenden inmiş, istasyonda sandviçlerini yemiş, üzerlerine bir el bile ateş edilmeden ya da bizim hemşeriler tarafından ipe bağlanıp yerde sürüklenmeden yine trenlerine binerek, burunları kanamaksızın çekip gitmişlerdir.

"Luke'un kendine göre bir adalet ve yasaya uygunluk anlayışı vardı. Kendisi memuriyetten ayrıldığı zaman yerine geçeyim diye beni yetiştirmeye çalışıyordu. Şerifliği bırakacağı günü iple çekiyordu. Verandasının altı oymalı tahtalarla kaplı sarı bir ev yaptırmak, avlusunda da tavuk beslemek istiyordu. Ama asıl düşlerine giren, evin avlusuydu.

"'Bud,' dedi bir gün bana, 'ben ruhen de, her bakımdan da zaviye için yaratılmış bir adamım. Onun için benim de bütün istediğim zaviyedir.'

"'Ne biçim zaviye bu?' dedim. 'Bana üçgenlerle müçgenlerle ilgili bir iş gibi geliyor. Bu yaştan sonra bunları öğrenmeye başlayacak değilsin ya, inşallah?'

"'Anlamadın,' dedi Luke. 'Geniş yerlerden, hep ufuk görmekten, açık araziden bıktım artık. Benim istediğim, şöyle kendime göre, mütevazı bir yer bulup oraya çekilmek. Yani dünyadan elimi eteğimi çekmek istiyorum. Evimin önünde küçük bir avlu da olur, avlunun etrafında da bir çit; akşam yemeklerinden sonra çıkar çitin üzerine oturur, çobanaldatan kuşlarını dinlerim,'

"İşte böyle bir adamdı Luke. Gerçi ilk yatırımından zararlı çıkmıştı, ama yine de evcimen adamdı. Yalnız çiftlikte geçen evlilik günlerinden kimseye ağız açtırmazdı. O günleri tamamıyla aklından çıkarıp atmış sanırdın. Tavuklardan, civcivlerden, verandası oymalı tahta kaplama evlerden başka bir şey düşünmeyen Luke'un, mahkeme ilamına rağmen kendisinden kaçırılan oğlunu nasıl olup da tamamıyla unutabildiğine bir türlü akıl erdiremiyordum. Ne var ki, kendisi açmadıkça, bu gibi konuları sorabileceğin adamlardan değildi o.

"Sanırım bütün hırsını, bütün düşüncesini şeriflik görevine vermişti. Kitaplarda okumuştum; hanımlarla ilgili bu gibi romantik, duygusal, şiirsel serüvenlerde hayal kırıklığına uğrayıp da böyle zıpırlıklara tövbe diyerek, olanları unutmak için kendilerini tamamıyla doğru dürüst bir işe –mesela resim yapmaya, sığır gütmeye, öğretmenlik etmeye filan– veren insanlar varmış. İşte Luke için de durum aynıydı sanıyorum. Eh, Luke'un elinden resim yapmak gelmediği için o da tutmuş at hırsızı kovalamayı, Mojada ilini –geceleyin silahını başının ucunda tutarak yattığın ve sivrisineklerle el büyüklüğündeki akreplerin saldırısına uğramadığın sürece- barış içinde yaşanılır bir yer yapmayı kendine iş edinmiş.

"Günün birinde Doğu'dan gelmekte olan bir bölük para babası, Bildad'da duran ekspresten aşağı inerler; ekspres yolcuları genellikle öğle yemeklerini Bildad'da yerlerdi zira. Maden aramaktan mı, yatırım yapacak başka birtakım iş konuları aramaktan mı ne, Mexico'dan dönüyorlarmış bu kalantor züppeler. Beş kişiydi bunlar; dört tanesi köstekli möstekli, kerli ferli, yapılı adamlardı; her birinin dirisi en azından bir yüz kilo çekerdi, beşinci ise on yedi on sekiz yaşlarında bir delikanlıydı.

"Bu delikanlının sırtında da, yabanların Batı'ya gelirken giydikleri cinsten kovboy elbisesi vardı; beline astığı sedef kabzalı tabancayla şöyle bir iki Kızılderili mıhlamak için yanıp tutuştuğu ya da bir iki tane ayı öldürmek için can attığı yüzünden belli oluyordu.

"Herifler devlet arazisi üzerine oturmasınlar diye göz kulak olmak için ardiyenin oraya doğru indim ben; neme lazım, bakarsın daha başka şeyler de yaparlar, Murchinson'un mağazası önüne bağlı atları ürkütürler, başka uygunsuzluklara kalkışırlar, iyisi mi gidip gözümü dört açayım.

"Luke bir sığır hırsızı çetenin ardına düşmüş, ta Frio boyuna kadar uzanmış bulunuyordu o sırada, o olmadığı zamanlar da yasa ve düzeni ben gözetirdim.

"Tren bekleyedursun, öğle yemeğini yedikten sonra hemen yemek salonundan dışarı fırlayan bu delikanlı, önüne çıkabilecek, kendisini rahatsız edecek ya da kendisine biraz fazlaca sokulabilecek herhangi bir karacayı, arslanı veya kendi halinde bir vatandaşı vurmaya hazır vaziyette, peronda bir aşağı bir yukarı gezinmeye başladı. Yakışıklı, sevimli bir delikanlıydı üstelik, ama o da bütün yabanlar gibiydi; yasa ve düzenin hüküm sürdüğü bir kenti bir bakışta anlayamayanlardandı.

"Derken, karşıdan Pedro Johnson çıktı: Bildad'daki Kristal Palas adlı meyhanenin sahibi. Bu Johnson kendi kendine eğlence yaratan bir adamdı; işte karşıdan gelirken de, herhalde eceli gelmiş olacak ki, bu delikanlıya doğru gülerek oğlanı kışkırttı. Gerçi ben uzakta olduğum için duyamadım, ama oğlan galiba Pedro'ya ağzını bozup ileri geri bir iki laf etmiş, Pedro'nun delikanlının üzerine yürüyüp bir tokatta dokuz metre öteye fırlattığını gördüm, bir de eskisinden beter güldüğünü duydum. Bunun üzerine delikanlı düştüğünden daha çabuk yerden kalktı, ufacık sedef kabzalı tabancasına asıldığı gibi – pum! pum! pum! Pedro üç kurşunu da en kıymetli ve en nazik yerlerine yedi. Kurşunların her çarpışında, elbisesinden toz kalktığını gördüm. Bu ufak otuz iki kalibrelikler kısa mesafeden bayağı ses getiriyor bazen ha.

"Lokomotifin çanı çalıyordu, tren ağır ağır kalkıyordu. Hemen delikanlının yanına varıp tabancasını aldım ve tutukladım onu. Yalnız bir ara baktım, o kalantorlar trene doğru koşarlarken bir tanesi duraladı ve bana yaklaştı. Geldi önümde bir iki saniye kadar durdu, gülümser gibi yaptı ve birden elini çenemin altına doğru uzatıverdi; bunun üzerine ben perona bir güzel uzanıp kestirmeye başlamıştım. Ömrümde tabancadan korkmamışımdır ben; yalnız o gün bugündür, bir daha berberden başka kimseye ellettirmedim suratımı. Uyandığımda bir de baktım ki, takım taklavat –tren, delikanlı, kalantorlar– hepsi yok olmuşlar. Pedro'nun durumunu sordum, doktorun söylediklerini aynen tekrarladılar bana: Eğer yaraları öldürücü değilse kurtulurmuş Pedro.

"Üç gün sonra Luke döndüğünde ona olanları anlattım, küplere bindi.

"'Niye San Antone'ye telgraf çekip de topunu birden orada tutuklattırmadın?' diye sordu bana.

"'Ohoo,' diye cevap verdim, 'gerçi benim telgrafa saygım sonsuzdur, ama o sırada astronomiyle uğraşıyor, gökteki yıldızları sayıyordum.' O kalantor züppe el kol hareketiyle konuşmasını çok iyi beceriyormuş doğrusu.

"Luke'un öfkesi kabardıkça kabardı. Gitti ardiye civarını araştırdı ve üzerinde, New York City'de oturan Scudder adlı bir *hombre*'nin* adresi yazılı bir kart buldu.

"'Bud,' dedi bana Luke. 'Ben bu heriflerin ardı sıra gideceğim. Oraya gidip, adam mı, delikanlı mı, her neyse, senin anlattığın o herifi buraya getireceğim. Ben Mojada ilinin şerifiyim ve silah çekebildiğim sürece bu ilin sınırları içinde yasa ve düzeni koruyacağım. Senin de benimle birlikte gelmeni istiyorum. Hiçbir Doğulu Yankee,** tanınmış, saygıdeğer bir Bildad'lıyı -hele bir otuz ikilikle- vurup da yasalardan paçayı sıyıramaz. Pedro Johnson, bizim en önde gelen hemşerilerimizden ve iş adamlarımızdan biridir. Yerime, içeri tıkma yetkisi de vererek, şerif vekili olarak Sam Bell'i bırakacağım, seninle ikimiz de yarın akşam altı kırk beş kuzey ekspresine atladığımız gibi, o herifin izini süreceğiz.

"'Seninle geldim gitti,' dedim. 'Şu New York'u hiç görmemiştim, hani canım da görmek istemiyor değildi. Yalnız, Luke,' dedim, 'böyle zengin adamların ve düzen

---

* *İsp.* Adam.

** Yankee, Amerika Birleşik Devletleri'nde, Kuzeylilere verilen addır. –*çev.*

bozucuların ardı sıra o kadar uzaklara giderken, acaba eyalet hükümetinden bir arama emri çıkarttırsak ya da eyalet sınırları dışında adam vurma yetkisi filan alsak iyi olmaz mıydı?'

"'Ekspres soyguncusu Bill Grimes ile iki arkadaşını ta Brazos'a kadar inip de oralarda enseleyerek getirdiğim zaman hükümetten yetki isteğinde bulunmuş muydum?' dedi Luke. 'Seninle birlikte Hidalgo'da o altı Meksikalı sığır hırsızını çevirdiğimiz zaman arama iznimiz var mıydı? Mojada ilinin düzenini korumak benim görevimdir.'

"Bunun üzerine ben de, 'Şerif yardımcısı olarak, işlerin yasaya uygun yürütülmesini sağlamak da benim görevimdir,' dedim. 'Seninle aramızda en ufak bir anlaşmazlık bulunmaması gerekir.'

"Böylece, ertesi gün branda bezinden sırt çantasına bir battaniye, birkaç tane yaka ve kilometre defterini tıkan Luke'la ben ver elini New York dedik. Çok sıkı bir yolculuk oldu; epeyce sürdü. Vagondaki koltuklar bizim gibi iki metrelik adamlara göre olmadığından şöyle ayakları uzatıp da rahat uyumaya olanak yoktu. Öbür yandan her istasyonda, kondüktör bizi kolumuzdan yakalayıp, kapıdan geri çevirmek zorunda kalıyor, yanlış bir yerde inmeyelim diye gözünü bizden ayırmıyordu. Neyse, en sonunda sağ salim vardık New York'a. New York'a gelince de kondüktörün bizi daha önce indirmemekte haklı olduğunu anladık.

"'Luke, yahu,' dedim ben, 'bir şerif yardımcısı olarak ve yasa açısından, burası hiç de bana Teksas'ın Mojada ilinin yargı sınırları içinde gibi görünmüyor; bu işte bir terslik var, ama dur bakalım...'

"Luke bana cevap olarak, 'Düzen açısından,' dedi, 'bu şehir, ta Bildad'dan Kudüs'e kadar, hükümet tarafından onaylanmış yetkililere suçlarının hesabını vermek zorundadır.'

"Bunun üzerine ben, 'Amin!' dedim. 'Yalnız işimizi bir an önce bitirelim de çabuk kaçalım buradan. Bu şehrin manzarasını hiç mi hiç gözüm tutmadı.'

"'Pedro Johnson'u unutma,' dedi Luke. 'Her ikimizin de arkadaşı olan Pedro, ta kapısının önünde, köleliği kaldıran bu yaldızlı para babalarından biri tarafından vuruldu; aklından çıkarma bunu!'

"'Kendi kapısının önünde değil, demiryolu ardiyesinin kapısı önünde,' dedim ben. 'Ama tabii bu kadar eften püften bir nedenle yasayı uygulamayacak değiliz.'

"Broadway'deki o koskoca otellerden birine indik. Ertesi sabah ben iki kilometre uzunluğundaki merdivenlerden otelin dibine inip Luke'u aradım. Bulmanın mümkünü yok. Sanki San Antone şehrinde San Jacinto bayramı var sanırsın. Arasından ağaçlar fışkırmış mermer kaldırım taşlarıyla döşeli, üstü kapalı meydanı andıran bu yerde binlerce insan kaynaşıyordu; baktım ki, orada Luke'u aramak, Old Fort Ewell'deki kara çalı ormanında kaybolmuş bir adamı aramaktan farksız. Derken, o mermer döşeli sokaklardan birinin köşesinde Luke'la burun buruna geldik.

"'Mümkünü yok, Bud' dedi Luke, 'yemek yiyecek bir yer bulamıyorum. Bir lokanta tabelası görebilmek ya da domuz pastırması kokusu duyabilmek için bu kör olası kamp yerinin altını üstüne getirdim. Neyse, gerektiği zaman ben açlığa da dayanırım. Şimdi,' dedi, 'ben dışarı çıkıp bir arabaya atlayacağım ve şu karttaki Scudder'in adresine varacağım. Sen burada kal da bir iki lokma yiyecek ayarlamaya çalış. Pek bulacağını sanmıyorum ya. Keşke yanımıza kumanya olarak biraz mısır, fasulye ve domuz pastırması alsaymışız. Eğer izini kaybettirmediyse, şu Scudder'i görüp hemen döneceğim.'

"Böylece o gitti, ben de yiyecek avcılığına çıktım. Bizim Mojada ilinin onurunu düşünerek, köleliği kaldıran bu para babalarına çaylak görünmek istemediğimden, mermer döşeli sokaklarda hangi köşede bir masa ya da tezgâhla karşılaştımsa yanaşıp yiyecek aradım. Aradığımı bulamayınca, başka bir şey istiyordum. Yarım saat geçmeden bir düzine puro, beş tane öykü dergisi, yedi sekiz tane de tren tarifesi toplandı ceplerimde, ama bütün bu süre içinde kahveyle domuz pastırmasının ne kokusunu duyabildim ne de izini bulabildim.

"Bir ara, masanın başına oturmuş önündeki acayip makinenin düğmelerine basarak oyun oynayan bir hanım bana, 3 Numaralı diye işaret ettiği bir dolaba girmemi söyledi. Ben dolaba girip de kapısını kapatınca, namussuz dolap kendi kendine aydınlanıverdi. Dolabın içindeki bir tabureye oturup bekledim. Kendi kendime, 'Eh,' dedim, 'burası herhalde özel bir lokanta olacak...' Ben bekleyedurayım, ne gelen var ne giden; garson marson hak getire. Orada sıcaktan ve sıkıntıdan adamakıllı bir ter döktüm ben, ondan sonra tekrar çıktım dışarıya.

"'İstediğinizi elde ettiniz mi?' diye sordu o hanım.

"'Yok, bayan,' dedim, 'bir lokma bile bulamadım.'

"'Öyleyse doldurmamışlar demektir,' dedi hanım.

"'Teşekkür ederim bayan,' dedim ve yeniden yollara düştüm ben.

"Yavaş yavaş kafam kızdı, nezaketin anasını satarım, dedim ve mavi elbiseli, sarı düğmeli çocuklardan birini enseledim. O önüme düştü, 'kaffey kahvaltı salonu' dediği bir yere götürdü beni. İçeri girer girmez kimi görsem beğenirsin? Pedro Johnson'u vuran oğlan orada değil mi! Ufacık bir masanın başında yapayalnız oturmuş, elindeki kaşıkla önündeki yumurtaya, kabuğunu kırmaktan korkarmış gibi vuruyordu nazik nazik.

"Hemen onun masasına, karşısındaki iskemleye yerleştim; ben oturunca sanki hakarete uğramış gibi, kalkıp gitmeye davrandı.

"'Yerinden kımıldama, evlat,' dedim, 'yakalandın, tutuklandın, şu anda Teksas yetkililerinin elinde bulunuyorsun. Hadi sen, yumurtanı tık tıklamana bak, yalnız yumurtanın içini istiyorsan biraz sıkı tokmakla. E, Bildad'da Bay Johnson'ı niye vurdun, bakalım?'

"'Sizin kim olduğunuzu sorabilir miyim?' dedi bana oğlan.

"'Tabii,' dedim, 'hadi sor.'

"Delikanlı, gözünü kırpmadan, 'Galiba bu otelde kalıyorsunuz,' dedi. "Peki ama ne yiyorsunuz siz? Hey, garson! Bu beyin istediklerini getirin,' diye parmağıyla işaret etti garsona.

"'Bir biftek, üç beş tane tavada pişmiş yumurta, bir kutu şeftali konservesiyle yarım litre kahve yeter,' dedim.

"Havadan sudan konuşmaya başladık biz bu ara. Derken, oğlan esas konuya geldi.

"'Adamı vurmamdan dolayı şimdi ne yapmak niyetindesiniz?' diye sordu. 'Onu vurmakta haklıydım. Hazmedemeyeceğim laflar etti bana, sonra da tokat attı. Üstelik belinde tabancası da vardı. Başka ne yapabilirdim ki?'

"'Seni tekrar Teksas'a götüreceğiz,' dedim.

"Delikanlı hafif tertip sırıtarak, 'Doğrusu oraya dönmeyi istemiyor da değilim hani' dedi, 'yalnız bu şekilde değil tabii. Oradaki yaşayışı seviyorum. Kendimi bildim bileli açık havada atla dolaşmak, tabanca atmak, kır hayatı yaşamak özlemini duyarım.'

"'O yolculukta yanlarında bulunduğun iri yarı herifler kim?' diye sordum.

"'Üvey babamla ortakları,' dedi. 'Meksika'dan, bir maden ve arazi işiyle ilgili araştırmadan dönüyorlardı.'

"'Seni, Pedro Johnson'ı vururken görmüş, bu iş için kullandığın patlangocu da elinden almıştım,' dedim. 'O sırada sağ kaşının üstünde yan yana üç dört çizik gözüme ilişmişti. Daha önce de kavga etmişliğin var senin, değil mi?'

"'Kendimi bildim bileli bu yara izleri vardır kaşımın üstünde,' dedi oğlan. 'Nereden, nasıl olduğunu bilmiyorum bile.'

"'Hiç daha önce Teksas'ta bulundun mu sen?' dedim.

"'Bulunduğumu hiç hatırlamıyorum,' dedi. 'Yalnız trenle Teksas kırlarına girdiğimiz zaman, bir an sanki daha önce de oralarda bulunmuşum gibi geldi, ama hiç sanmıyorum öyle bir şey olabileceğini.'

"'Anan var mı senin?' dedim.

"'Beş yıl önce öldü,' dedi.

"Ondan sonraki konuşmaların çoğunu atlıyorum – Luke dönünce, delikanlıyı ona teslim ettim. Luke, Scudder'ı görmüş ve ne istediğini söylemiş ona; anlaşıldığına göre, Luke yanından ayrılır ayrılmaz, Scudder şu telefon denilen nesnelerden birini harekete geçirmiş olacak. Zira yarım saat geçmeden, otele, hani şu dedektif adını verdikleri, gündelik elbiseyle dolaşan şehir muhafızları damladılar ve hepimizi toparladıkları gibi doğruca sulh yargıcının önüne çıkardılar.

"Orada Luke'u adam kaçırmaya teşebbüsle suçlayıp, bir diyeceği olup olmadığını sordular.

"Luke, 'Sayın Yargıç,' dedi, 'bu gördüğünüz velet, Teksas eyaletinin Bildad ilinden, en saygıdeğer ve en önde gelen bir vatandaşı, kasten ve taammüden kurşunlayarak kendisine zarar vermiştir. Böyle yapmakla da yasa ve düzenin gerektirdiği cezayı hak etmiştir. Ben huzurunuzda, New York City eyaletinin, adı geçen suçluyu bize iade etmesini talep ediyorum.'

"'Kendi eyalet valinizden aldığınız resmî istek belgeniz var mı?' diye sordu yargıç.

"'Şehrinizde yasa ve düzeni temsil eden bu efendiler, hiçbir zaman üzerimden eksik etmediğim belgelerimi otelde benden aldılar,' dedi Luke. 'Benim belgelerim, dokuz yıldır taşıdığım iki adet 45'lik Kolt'tur; eğer bunlar bana geri verilmeyecek olursa, hır çıkar, bunu da bilesiniz. Mojada ilinde kime isterseniz sorabilirsiniz Luke Summers'ı. Yaptığım işler için genellikle başka belgeye ihtiyaç duymam ben.'

"'Sayın Yargıç,' dedim, 'adı geçen davalı, Teksas eyaleti, Mojada ili şerifi Luke Summers, Amerika Birleşik Devletleri'nin en büyük eyaletinin yasa hükümlerini veya ek yasa maddelerini asla ihlal edecek bir insan değildir. Bununla birlikte, kendisi...'

"Yargıç tahta bir çekiçle masasına küt küt vurarak, benim kim olduğumu sordu.

"'Bud Oakley'im,' dedim. 'Teksas eyaleti, Mojada ili şerif yardımcısıyım. Ben Yasayı temsil ediyorum,' diye devam ettim, 'Luke da Düzeni temsil eder. Sayın yargıcım eğer bana on dakikacık lütfeder de kendisiyle özel olarak görüşmeme izin verirse, kendilerine her şeyi iyice açıklayabileceğim gibi, kendi cebimde taşımakta olduğum, yasaya uygun ve adil istek belgesini de gösterebilirim.'

"Yargıç hafif tertip gülümser gibi oldu ve özel odasında benimle konuşacağını söyledi. Odaya girince, dilimin döndüğü kadar bütün meseleyi yargıca bir güzel anlattım. Dışarı çıktığımızda, yargıç, delikanlının Teksas yetkililerine teslim edilmesi kararını verdiğini bildirdi ve bizimkinden sonra bakacağı davanın taraflarını çağırttı.

"Dönüşte, yolda geçenlerin çoğunu atladıktan sonra, işin Bildad'da nasıl bir sonuca bağlandığını anlatıyorum sana şimdi.

"Suçluyu şerifin odasından içeri soktuğumuz zaman, Luke'a dönüp, dedim ki:

"'Oğlunu hatırlıyor musun Luke, hani sen herifi mıhladıktan sonra senden çaldıkları iki yaşındaki oğlunu?'

"Luke'un nevri döndü, fena halde kızdı. Bu meseleden kimseye ağız açtırmaz, kendi de lafını ağzına almazdı.

"'Şimdi sıkı dur,' dedim. 'Hatırlar mısın, hani senin oğlan verandada badi badi dolaştığı sırada bir çift Meksika mahmuzu üzerine düşmüş, sağ gözünün üstünde dört tane delik açılmıştı? Mahpusa bir baksana,' dedim. 'Şu burnuna bak, kafasının biçimine bak – Hıh, koca sersem, kendi oğlunu tanıyamadın mı daha? Oysa ben onu ardiyede Bay Johnson'ı mıhladığı anda tanımıştım.'

"'Bud,' dedi bana, 'benden çaldıkları günden bugüne kadar oğlumu gece gündüz, bir an bile aklımdan çıkaramadım. Ama hiçbir zaman da belli etmedim bunu. Yalnız, nasıl tutacağız onu burada? Burada kalmasını sağlayabilir miyiz ki? Ah, bir kalsa burada, onu dünyada en iyi at binen erkek yapardım.' Sonra, heyecan içinde, 'Dur bir dakika,' dedi, 'şurada masanın gözünde bir şey var –sanırım hâlâ geçerlidir– en aşağı bin kez okumuşumdur onu sana; Çocuğun ve-la-ye-ti,' dedi Luke 'Çocuğun ve-la-ye-ti. Bu belgeye dayanarak tutamaz mıyız onu burada? Bakayım ilam yerinde duruyor mu!'

"Luke masasının altını üstüne getirmeye başladı.

"'Dur bakalım,' dedim ben. 'Sen Düzensen, ben de Yasayım. Boşuna arama o kâğıdı, Luke. O artık bir mahkeme ilamı değil. Bundan böyle bir istek belgesidir o. Şu anda New York Sulh Yargıcı'nın dosyası içinde bulunuyor. Şerif yardımcısı olduğum ve yasadan anladığım için, giderken onu da yanıma almıştım.'

"'Kavuştum oğluma,' diye bağırdı Luke. 'Kavuştum oğluma. Hiç aklıma gelmemişti yani...'

"'Dur bakalım bir dakika,' dedim. 'Burada yasa ve düzeni uygulamak zorundayız. Ettiğimiz yemin ve vicdanımızın önünde, burada, Mojada ilinde yasa ve düzeni korumaktan sorumluyuz seninle ikimiz. Oğlan, Pedro Johnson'u vurdu; yani Bildad'ın en ileri gelen kişilerinden birini.'

"'Aman, canı cehenneme!' dedi Luke. 'Vız gelir tırıs gider. Pedro yarı Meksikalı sayılır zaten.'"

Teknik Hata
(A TECHNICAL ERROR)

Kan davalarının, memleketimizin greyfurtlarından, meyaneli sebze çorbalarından ve halaylarından da çok önemsenen ürünleri olduğuna inandığım için, onlara özel bir ilgi duymamışımdır. Bununla birlikte, eğer izin verirseniz size Kızılderililer Bölgesi'nde geçen, benim de bir basın temsilcisi, bir kamp yoldaşı ve havan dövücünün hınk deyicisi olarak rol aldığım bir kan gütme olayını anlatmak istiyorum.

Sam Durkee'nin çiftliğinde konuktum. Orada nallanmamış midillilerden düşerek, üç kilometre ötedeki kurtların çenelerine yumruk sallayarak epey vakit geçirdim. Sam, yirmi beş yaşlarında, karanlık basar basmaz –her ne kadar istemeyerek de olsa– uslu uslu evinin yolunu tutmakla ün yapmış, yaşadığı hayatın sertleştirdiği bir adamdı.

Creek Kavmi içinde, Tatum adını taşıyan bir aile vardı. Bana söylediklerine göre Durkee'lerle Tatum'lar yıllardan beri kan gütmekteydiler. Her iki aileden de pek çok insan öbür dünyayı boylamıştı, ama daha bir sürü yiğidin onları izleyeceği anlaşılıyordu. Her iki ailede de birer genç kuşak yetişmekte, aileler arasındaki kin de aynı oranda büyümekteydi.

Yalnız, bir şeye dikkat ettim; namuslu dövüşüyorlardı doğrusu. Şimdiye kadar hiçbiri mısır tarlasında pusu kurarak düşmanının pantolon askıları arasına arkadan nişan almış değildi: Belki de sadece, oralarda mısır tarlası bulunmadığı ya da kimse pantolon askısı kullanmadığı içindir. Yine iki aileden kimsenin evine ya da kadınlara ve çocuklara zarar gelmiş değildi. O zamanlarda –şimdi de öyle olduğunu göreceksiniz– onların kadınları güven içindeymiş.

Sam Durkee'nin bir sevgilisi vardı. (Eğer öykümü satmayı tasarladığım yer, uydurma öyküler basan bir dergi olsaydı, "Mr. Durkee nişanlısından çok hoşnuttu," derdim.) Kızın adı Ella Baynes idi. Kendilerini tamamıyla birbirlerine vermiş ve birbirlerine güven besleyen ya da beslemeyen bütün çiftler gibi.

Ella Baynes, başkalarına haksızlık etmiş sayılmayacak kadar güzeldi; koyu kahverengi gür saçları da güzelliğine ayrı bir katkıda bulunuyordu. Sam bir gün beni sevgilisiyle tanıştırdı, ama bu tanışma kızın Sam'a olan sevgisinden bir şey eksiltmedi; işte o zaman bu çiftin birbirlerini gerçekten de sevdiklerini anladım.

Miss Baynes, Sam'ın çiftliğinden otuz kilometre uzakta, Kingfisher'da oturuyordu. Sam'ın bütün ömrü, kendi çiftliğiyle Miss Baynes'in oturduğu yer arasında, at sırtında mekik dokumakla geçiyordu.

Günün birinde Kingfisher'a, herhangi bir erkeğin yüz çizgilerinden ayrı bir özelliği bulunmayan, ufak tefek, gözü pek bir adam geldi. Adam kasabadaki iş hayatı ve özellikle, kasabada oturanların soyadlarıyla ilgili soruşturmalarda bulundu. Kendisinin Muscogee'li olduğunu söylüyordu; sarı iskarpinleri, süslü kravatıyla Muscogee'lilere de benziyordu hani. Bir gün postayı getirmek için atla kasabaya indiğimde kendisiyle tanıştım. Adının Beverly Travers olduğunu söyledi, ama nedense bu adı pek yakıştıramadım ona.

O sıralarda çiftlikteki işler pek sıkışık olduğundan, Sam kasabaya inecek vakit bulamıyordu. Genellikle elinden hiçbir iş gelmeyen beceriksiz bir konuk olduğumdan un fıçıları, kartpostal, pasta mayası, tütün ve Ella'nın mektupları gibi ufak tefek şeyleri getirmek üzere kasabaya inme işini ben üzerime almıştım.

Bir gün, yarım düzine cıgara kâğıdı ve araba tekerleklerine bir çift lastik çember almak için kasabaya inmiştim.

Bizim sözde Beverly Travers'i, yanında Ella Baynes olduğu halde, sarı arabasını yapışkan, kara balçığın elverdiği kadar şatafatla kasabanın dışına doğru sürerken gördüm. Bu haberin Sam'ın ruhuna hiç de ferahlık vermeyeceğini bildiğimden, dönüşte kasabadan getirdiğim havadisleri anlatırken, bu noktaya dokunmaktan dikkatle kaçındım. Ne var ki, ertesi sabah, Sam'ın arkadaşlarından, Kingfisher'da bir hayvan yemi deposu işletmekte olan uzun boylu, Simmons adında bir eski kovboy dörtnala çiftliğe geldi, konuşmaya başlayana kadar da bir sürü sigara sarıp yaktı. Konuşmaya başladığı zaman söyledikleri ise şunlar oldu:

"Biliyor musun, Sam, kendisine Beveledged* Travels diye ad takmış herifin biri Kingfisher atmosferinin havasını iki haftadan beri bozuyordu. Kimdi bu herif, bili-

* Beverly Travers adını doğru telaffuz edemeyen kovboy, kendine göre bir yakıştırma yaparak, mahruti anlamına gelen Beveledged diye uyduruyor. *–çev.*

yor musun? Amcan Newt'un geçen şubat vurduğu ihtiyar Gopher Tatum'un oğlu Ben Tatum'un ta kendisiydi. Bu sabah ne yaptı, biliyor musun? Kardeşin Lester'i öldürdü, mahkeme binasının önünde vurdu."

Sam'ın söylenenleri duyduğundan pek emin değildim. Yerdeki yoncalardan kopardığı bir sürgünü ağzına atmış, yüzünde ciddi bir ifadeyle çiğniyordu. Sonunda konuştu:

"Demek öyle yaptı, ha? Lester'i öldürdü demek?"

"Öyle," dedi Simmons. "Başka şeyler de yaptı. Senin kızla, yani Miss Baynes'le birlikte kaçtı. Belki bilmek istersin diye düşündüm de, haber vermek için geldim."

Sam, çiğnemekte olduğu sürgünü ağzından çekip, "Çok teşekkür ederim, Jim," dedi. "Geldiğine çok sevindim, sahiden de çok sevindim."

"Eh, zannedersem artık dönmem gerek benim. Depodaki oğlan samanı çöpten ayırt edemez. Lester'i arkadan vurdu herif."

"Arkadan mı vurdu?"

"Evet; Lester atını bağlarken."

"Çok teşekkür ederim, Jim."

"Ne kadar çabuk haber alırsan, o kadar memnun olacağını düşündüm."

"Gel bir kahve iç de öyle gidersin, Jim."

"Yok, yok, olmaz; depoya dönmem gerek."

"Sonra, demiştin ki..."

"Evet, Sam, onları arabayla giderlerken herkes gördü. Arabanın arkasına da elbise bohçasına benzer bir şey bağlıydı. Arabaya Muscogee'den getirdiği atları koşmuştu herif. Onlara hemen yetişmek biraz güç olacak."

"Peki, hangi..."

"Şimdi söyleyecektim. Guthrie yolundan gittiler; ama ne yana sapacaklarını kimse bilemez, anlarsın ya."

"Pekâlâ, Jim, sağ olasın."

"Bir şey değil, Sam."

Simmons bir sigara sardı ve midillisini mahmuzladı. Yirmi metre kadar ileride dizginlere asılıp geri döndü, bağırdı:

"Yardım istemezsin tabii, değil mi?"

"Hayır, teşekkürler."

"İstemeyeceğini biliyordum... Neyse, hadi eyvallah!"

Sam cebinden kemik saplı bir çakı çıkardı ve sol çizmesindeki kurumuş bir çamur parçasını kazıdı. Ben önce, Sam'ın çakının ağzı üzerine Vendetta yemini edeceğini ya da bir çingene bedduası okuyacağını sandım. Gördüğüm ve okuduğum birkaç kan davası genellikle böyle başlamıştır, ama bu seferki ötekilerden başka türlü başlayacağa benziyordu. Eğer bir oyun böyle sahneye konulmuş olsaydı, mutlaka ıslıklanır, seyirciler onun yerine Belasco'nun insanı heyecandan ürperten melodramlarından birini isterlerdi.

Sam, derin düşüncelere dalmış gibi, "Aşçı şu zeytinyağlı barbunya fasulyesinden saklamış mıdır biraz acaba?" dedi.

Zenci aşçı Wash'u çağırdı ve biraz fasulye kalmış olduğunu öğrenince, çaydanlığı ateşe koyup, koyu bir kahve yapmasını emretti. Ondan sonra, Sam'ın yatıp kalktığı, silahlarını, köpeklerini ve en sevdiği atların eyer takımlarını bulundurduğu odaya geçtik. Sam bir kitap kutusunun içinden üç dört tane tabanca çıkardı ve ıslıkla, dalgın dalgın "Kovboyun Kederi" adlı parçayı çalarak, tabancaları gözden geçirdi.

Sonra adamlarına, çiftlikteki atlardan en yavuz iki tanesini eyerleyip hazır etmelerini emretti. Şu kan davası konusunda, dikkat ettim, memleketin her bölgesinde, üzerinde titizlikle durulan, son derece ince, ince olduğu kadar da katı bir görgü kuralı var. Kan davası güden kişinin yanında bu kelimeyi kullanmamak, bu konuya hiç dokunmamak zorundasınız. Böyle bir şey yaparsanız eğer, teyzenizin çenesindeki ben ile alay etmenizden daha çok takdir toplar davranışınız. Daha sonraları, yazılı olmayan başka bir kuralın daha bulunduğunu anladım, ama sanırım, bu yalnız Batı'ya özgü bir kuraldır.

Yirmi dakika sonra, daha akşam yemeği vaktine iki saat olmasına rağmen Sam'la ben, fasulyeyle, sıcak kahve ve sığır söğüşünü atıştırmaya başlamıştık bile.

"Uzun bir yolculuktan önce yenilen sıkı bir yemeğin yerini hiçbir şey tutmaz," dedi Sam. "İyice doyur karnını."

Birden, içime bir kurt düştü. "Niye iki at eyerlettin?" diye sordum. Sam, "Bir, iki - bir, iki işte," dedi, "sayı saymasını bilmez misin sen?" Hesap yapışında bir anlık bir pişmanlık ve azar havası esti.

O kızıl yolda, öç ve adalet uğruna onunla yan yana at koşturmak istemeyebileceğim düşüncesinin aklına gelmediği belliydi. Bu kadarı, yüksek matematik konusuydu. Ardı sıra sürüklemek için beni seçmişti Sam. Fasulyeden daha fazla atıştırmaya başladım.

Bir saat sonra batı yönünde eşkinle at sürüyorduk. Atlarımız Batı'nın gür yoncalarıyla beslenmiş, güçlü Kentucky hayvanlarıydı. Ben Tatum eğer, altımızdaki, kan davaları dünyasının göbeğinde doğmuş otokarların toynaklarının çıkardığı düzenli pat patları duymuş olsaydı, cezasının, kendi hayvanlarının izleri üzerinden sinsi sinsi yaklaşmakta olduğunu anlardı. Kendi adamlarının ve yardımcılarının bulunduğu bölgeye girene kadar, Ben Tatum için kaçmaktan başka çıkar yol olmadığını biliyordum.

Yolculuk süresince Sam, yağmur yağma olasılığından, sığır eti fiyatlarından ve su bardaklarından meydana getirilen bir cins çalgıdan söz etti. Sanki dünyada onun bir kardeşi, sevgilisi ya da düşmanı bulunmadığını sanırdınız. Bazı öyle konular vardır ki, "Kısaltılmamış" diye başlık vurulan öykülere bile sığamayacak kadar büyüktür. Kan davası kurallarının bu yönünü bildiğim, ama yeterince deneyim sahibi olmadığım için ben konuyu daha da çok büyüterek, bir iki güldürücü fıkra anlattım. Sam, tam gerektiği biçimde güldü - yani, ağzıyla güldü. Gözüm Sam'ın ağzına takılınca, keşke bu fıkraları anlatmadan duracak kadar mizah anlayışım olsaydı dedim kendi kendime.

Onlara önce Guthrie'de rastladık. Yorgun argın, çamur içinde, karınlarımız zil çalarak çam kütüklerinden yapılma bir otele indik, bir masaya çöktük. Kaçaklar karşı köşede oturuyorlardı. Yemeklerinin üzerine eğilmişlerdi, ama ara sıra kaygıyla çevrelerine bakıyorlardı. Kız, kahverengi, desensiz, yarı parlak, kol ağızlarıyla yakası dantelalı bir bluz ile –şu, akordeon pilili mi ne derler, işte öyle– bir eteklik giymişti. Başında, tüyle süslü, geniş kenarlı bir hasır şapka vardı, şapkasına da burnuna kadar inen, koyu kahverengi bir tül takmıştı. Adam, koyu renkli, düz bir elbise giymişti, saçları da kısa kesilmişti. Herhangi bir yerde rastlayabileceğiniz tipte bir adamdı.

İkisi de oradaydılar işte: cani ve çaldığı kadın. Biz de oradaydık: kuralların haklı tuttuğu intikamcı ile bu satırları yazan fazlalık.

Fazlalığın yüreğinde, hiç değilse bir kerecik, öldürme içgüdüsü depreşti. Bir an için düellocuların kavgalarına o da -sözle- karıştı.

Fısıltı halinde, "Ne bekliyorsun daha, Sam?" dedim. "Şimdi bitiriver işini?"

Sam melankolik bir iç çekişle, "Sen bilmiyorsun, ama o biliyor," dedi. "Biliyor o. Burada, ulusumuzun beyaz kesimi arasında bir kural vardır, çaylak efendi. Bu kurala göre bir erkeği, yanında kadın varken vuramazsın. Şimdiye kadar bu kuralın çiğnendiğini hiç görmedim. Bozamazsın bu kuralı. Onu bir erkek topluluğu içinde ya da yalnız başınayken yakalamam gerekiyor. İşte onu burada temizleyemeyişimin nedeni bu. O da biliyor bunu. Herkes bilir zaten. Demek böyle, Mr. Ben Tatum! 'Parlak' heriflerden biriymiş bu da. Otelden ayrılmalarına meydan bırakmadan, onu sürüden ayırıp bu hesabı burada kapatacağım!"

Akşam yemeğinden sonra kaçak çift hemen ortadan kayboluverdi.

Sam, her ne kadar bütün dehlizleri, merdiven altlarını, odaları arayıp taradıysa da kaçaklar bilinmedik bir yoldan savuşmuş, yakalarını Sam'dan kurtarmışlardı; sabahleyin, akordeon pilili, kahverengi etekli, peçeli hanımla kısa saçlı, ufak tefek genç adam ve oynak atların çektiği iki kişilik araba ortadan kaybolmuş bulunuyordu.

At üstündeki yolculuğumuzun öyküsü sıkıcıdır; onun için, orasını atlayacağım. Kaçaklara yolun birinde yine yetiştik. Elli metre kadar gerilerindeydik. Dönüp bize baktılar; sonra, atlarını hiç kamçılamadan arabayı sürmeye devam ettiler.

Artık hızlı gidiş onlar için bir kurtuluş sayılmazdı. Ben Tatum bunu biliyordu. Biliyordu ki, onun için biricik kalkan, kan davalarıyla ilgili görenek ve geleneklerdi. Eğer Ben Tatum yalnız başına olsaydı, Sam Durkee meseleyi hiç kuşkusuz usulü dairesinde hallediverirdi hemen. Gelgelelim Ben Tatum'un yanında, onun da Sam'ın da tetik kullanan parmaklarını hareketten alıkoyan bir şey vardı. Adam pek de yüreksize benzemiyordu.

Buradan da, kadınların bazen iki erkek arasındaki çekişmeyi kızıştıracakları yerde geciktirebileceği sonucunu çıkarabilirsiniz. Ama bilerek ya da isteyerek değil. Kadın denilen yaratıkların kuraldan muraldan haberleri yoktur.

Altı kilometre sonra, Batı'nın gelecekteki büyük kenti Chandler'a vardık. Kovalananların da kovalayanların da atlarının açlık ve yorgunluktan canları çıkmıştı.

İnsanlar için tehlike, hayvanlar için de dinlenme vadeden, bir tane otel vardı topu topu; böylece, gökkubbeyi çatlatacak kadar tanınan sesli kocaman çanın çalmasıyla, dördümüz tekrar yemek salonunda buluştuk. Salon, Guthrie'deki kadar büyük değildi.

Elma tatlılarımızı yerken, Sam'ın, köşede oturan avlarımızı büyük bir dikkatle süzdüğünü gördüm. Kız sırtında hâlâ, yakası ve kol ağızları dantelalı elbiseyi taşıyordu. Tülü de burnuna kadar indirilmişti. Kısa saçlı adam da başını yemek tabağının üstüne eğmişti.

Sam'ın benimle ve kendi kendisiyle konuşur gibi, "Bir kadının yanındaki erkeği vurmana izin vermeyen bir kural vardır, ama yıldırımlar hakkı için, seni, bir erkeğin yanındaki kadını vurmaktan kimse alıkoyamaz," dediğini duydum.

Ben daha onun ne demek istediğini iyice anlayamadan, Sam, şimşek hızıyla sol koltuğunun altından otomatik bir Kolt çıkarıp, akordeon pilili eteklikle kahverengi elbisenin -yakası ve kol ağızları dantelalı kahverengi elbisenin- örttüğü bedene altı kurşun sıktı. Koyu renk elbiseli, başından ve hayatından bir kadının en görkemli varlığı kırpılmış olan genç, masanın üzerine uzattığı kollarına dayadı başını. Bu sırada sağdan soldan koşanlar, Sam'a kan davası kuralları yükümlülüğünü teknik olarak bertaraf etmek fırsatını vermiş olan Ben Tatum maskarasının kadın kılığındaki cesedini yerden kaldırmaya uğraşıyorlardı.

Prenses İle Dağ Arslanı
(THE PRINCESS AND THE PUMA)

Prenses deyince, kralla kraliçeden iki kelimeyle de olsa söz etmeden geçilemezdi elbet. Kral, toplu tabanca kuşanan, mahmuz takan ve kırlardaki çıngıraklı yılanların korkudan dikenli çalıların altına sığınmalarına neden olacak kadar korkunç bir sesle bağıran, yavuz bir ihtiyardı. Krallık henüz kurulmadığı sıralarda adama "Sessiz Ben" derlerdi. Ama 200.000 dönümlük toprağa ve sayısını bilemeyecek kadar çok sığıra sahip olunca, "Sığır Kralı" O'Donnell demeye başladılar ona.

O'Donnell'in kraliçesi, Laredo'dan aldığı Meksikalı bir kızdı. Yumuşak başlı, iyi yürekli, melez bir karı olarak kraliçe, Ben'e evin içindeyken sesini tabak çanağı kırmayacak biçimde ayarlamasını bile öğretebilmişti. Ben, kral olduktan sonra, kraliçe, Espinoza Çiftliği'ndeki evlerinin verandasına oturup hasır örmekle vakit geçirir olmuştu. Servetlerinin karşı konulmaz bir durum olan baskısıyla çiftlik evine San Antone'den yüksek arkalıklı maroken koltuklar ve bir orta masası getirtilince, kraliçe hazretlerine de artık düz, siyah saçlı başını önüne eğip, Zeus'un karısı, Perseus'un anası Danae'nin yazgısını paylaşmaktan başka yapacak şey kalmamıştı.

Majestelerinin hışmına uğramamak için sizleri önce kral ve kraliçeyle tanıştırdık. Aslında onlar, "Prenses,

Mutlu Çoban ve Çobanın İşine Acemice Burnunu Sokan Dağ Arslanının Masalı" adını verebileceğimiz bu öyküye girecek değil.

Josefa O'Donnell, kralla kraliçenin hayattaki biricik kızı, yani prenses idi. Annesinden cana yakınlık ve buğulu astropikal bir güzellik almıştı. Yiğitliği, sağduyusu ve hükmetme yeteneği ise kral Ben O'Donnell'dan geliyordu. Ortaya çıkan bu karışımı görmek için, yüz mil öteden gelip bakmaya değerdi doğrusu.

Josefa, silah kullanma alanında, midillisini dörtnala sürerken, bir ipin ucunda sallanmakta olan konserve kutusuna beş altı kurşun yapıştıracak kadar hünerliydi. Beyaz yavru kedisine türlü türlü elbiseler giydirip hayvanı maskara kılığına sokarak, saatlerce bıkmadan oynayabilirdi onunla. Canlı satış fiyatı olan, sığır başına 8 dolar 50 sentten, iki yaşında 1545 sığırın kaç para tuttuğunu, kaleme kâğıda boş verip şıppadak kafadan söyleyebilirdi size. Kabaca söyleyecek olursak, Espinoza Çiftliği'nin boyu elli, eni de kırk kilometreydi; ama çiftlik topraklarının gezmedik, dolaşmadık yerini bırakmamıştı prenses. Çiftlikte çalışan bütün sığır çobanları onu daha uzaktan tanır ve birer vassal olarak ona saygılarını, bağlılıklarını sunarlardı. Espinoza Çiftliği'nin sığır kamplarından birinde ustabaşı olan Ripley Givens, günün birinde onu gördü ve kral ailesiyle bir evlilik bağı kurmaya karar verdi. Küstahlık mı? Yoo... O devirlerde, Nueces ülkesinde erkek, erkekti. Hem, nihayet, sığır krallığı da soyluluğun ille kan yoluyla gelmesini gerektirmiyordu ki. Sığır krallığı sıfatı, genellikle, bu sıfat sahibinin krallık tacını, sığır aşırma sanatındaki olağanüstü yetenekleri sayesinde giydiğini anlatırdı.

Bir gün Ripley Givens atına atlayıp, sürüden ayrılan üç beş dananın akıbetini sormak üzere Çifte Karaağaç Çiftliği'ne gitti. Dönüşte yola geç çıktığından, Nueces Irmağı üzerindeki Beyaz At Geçidi'ne vardığında güneş batmak üzereydi. Oradan, Ripley Givens'in kampına kadar daha yirmi kilometre yol vardı. Espinoza Çiftliği ise on beş kilometre uzaktaydı. Givens yorgundu. Geceyi Geçit'te geçirmeye karar verdi.

Irmak kıyısında güzel bir suvat vardı. Kıyılar kocaman sık ağaçlar, otlar ve çalılarla örtülüydü. Suvatın elli metre kadar gerisinde ise kıvır kıvır yoncalarla örtülü bir açıklık vardı. Bu yoncalar Givens'e yatak, atına da mükemmel bir yem sağlardı. Givens atına köstek vurdu. Irmağı geçerken ıslanan velenselerini de kurusun diye yere yaydı. Sırtını bir ağaca dayayarak yere oturdu, bir cıgara sardı. Sık koruluğun içinden birdenbire kedi miyavlamasını andıran, ama ondan çok daha güçlü, tüyler ürpertici bir ses duyuldu. At, olduğu yerde bir iki kere zıpladı ve korkusundan, ıslık sesi gibi çıkan uzun bir homurtu koyverdi. Givens cıgarasını tüttürmeye devam etti, ama biraz ötede, otların üstünde duran tabanca kemerine de uzanıp tabancasını aldı ve düşünceli düşünceli tabancasının topunu çevirmeye başladı. İri bir su samuru büyük bir şapırtıyla balıklama suvata daldı. Kahverengi, ufacık bir tavşan hızla bir çalı demetinin ardına dolandı ve arka ayakları üzerine oturup bıyık burarak, muzip muzip Givens'e bakmaya başladı. Midilli tekrar yoncaları yemeye koyuldu.

Su boylarında, akşam vakti Meksika dağ arslanları soprano sesleriyle şarkı söylemeye başladı mı, tetikte bulunmakta hayır vardır. Arslanın sesindeki sıkıntılı ifade, buzağıların, semiz koyunların azlığından, bundan ötürü de hayvanın sizinle tanışmak için etoburlara özgü bir istek duymasından ileri geliyor olabilir.

Otların üzerinde, oradan daha önce geçen birisinin attığı boş bir konserve meyve kutusu duruyordu. Givens bu teneke kutuyu görünce sevincinden bir homurtu koyverdi. Eyerinin arka kaşına bağlı kaputunun cebinde bir iki avuç kadar çekilmiş kahve vardı. Koyu kahve ve cıgara! Sığır çobanı daha ne ister?

Aradan iki dakika geçmeden, Givens ateşi yakmış bulunuyordu. Konserve kutusu elinde, suvata doğru gitti. Suvata on beş metre kala, sol tarafında, kadın eyeri vurulmuş, dizginleri sarkan bir midillinin başıboş otlamakta olduğunu gördü. Tam suvatın kıyısında, Josefa O'Donnell elleri ve dizleri üzerinde doğruluyordu. Su içmiş, kumlanan avuçlarını temizliyordu kız. Kızın on metre kadar sağ yanında, büyük bir çalı demetinin ardına sinmiş bir Meksika arslanı gördü Givens. Hayvanın kehribar gözleri iştahla parlıyordu; bir av köpeğininki gibi dümdüz uzanan kuyruğunun ucu, gözlerinden tam iki metre gerideydi. Kedigiller ailesinden, sıçramaya hazırlanan herhangi bir hayvanınki gibi, sağa sola sallanıyordu kıçı.

Givens elinden geleni yaptı. Altıpatları otuz beş metre ötede, otların üzerinde kalmıştı. Müthiş bir nara patlatarak arslanla prensesin arasına girmek için yıldırım gibi fırladı.

Givens'in daha sonra da söylediği gibi, "eğlenti" kısa sürmüş ve biraz şaşırtıcı olmuştu. Givens, arslanın sıçrama menzili içine girdiğinde, havada belli belirsiz bir karaltı gördü ve boğuk, kuru birkaç patlama duydu. Bir an sonra da elli kiloluk bir Meksika arslanı Givens'in tepesine inip, şiddetli bir silkinişle onu yere yapıştırdı. Givens, "Hadi kalk bakayım üstümden, bırak diyorum – hiç sevmedim bu oyununu!" diye bağırdı ve ağzı toprakla, otla dolu, bir ağaç köküne çarpan kafasının ardında da bir şişlik olduğu halde, arslanın altından solucan gibi kıvrana kıvrana çıktı. Arslan hareketsiz yatıyordu. Gururu incinen ve arslanın kendisine faul yaptığından kuşkulanan Givens, hayvana yumruğunu sallayarak bağırdı: "Bir dahaki sefere güreşelim de seni bak, yirmi…" Sonra kendini toparladı.

Josefa yerinden kımıldamamıştı; gümüş kakmalı 38 kalibrelik tabancasını büyük bir sükûnetle yeniden dolduruyordu. Atış hiç de zor olmamıştı. Arslanın kafası, ip ucunda sallanan konserve kutusundan daha kolay bir hedef olmuştu Josefa için. Kızın dudaklarında ve siyah gözlerinde insanı baştan çıkaran, deli eden, alaycı bir gülümsemc vardı.

Sözüm ona kurtarıcı şövalye, uğradığı fiyaskonun bir ateş gibi yüreğini dağladığını duyuyordu. Tam eline fırsat -bunca zamandır düşlerine giren fırsat- geçmişken, bu işte Küpidon* yardımcı olacağına, Momus** gelip işe burnunu sokmuştu. Hiç kuşkusuz, bitişik koruda keçi ayaklı ilahlar şimdi kasıklarını tutmuşlar, kahkahayla gülüyorlardı onun haline. Vodvilleri andıran bir yanı vardı bu işin – hani, "Bay Givens ve Doldurulmuş Arslanın Marifetli Oyunları" da diyebiliriz.

Josefa, o baldan tatlı, kontralto sesiyle, "Siz miydiniz, Mr. Givens?" diye sordu. "Attığınız nara yüzünden az

---

* Yunan mitolojisinde, Aşk Tanrıçası Afrodit'in oğlu. *-çev.*
** Yunan mitolojisinde, İstihza ve kusur bulma ilahı. *-çev.*

daha kurşunları hedefe isabet ettiremeyecektim. Düşünce başınız çok acıdı mı?"

"Hayır, hayır," dedi Givens sükûnetle; "başımın acısı hiç önemli değil." Perişan bir halde eğilip, arslanın altında kalan en sevdiği şapkasını çekti aldı. Şapka buruşmuş, yassılmış, tam komedilere layık bir görünüş almıştı. Ondan sonra Givens yere diz çöktü, korkunç ağzı bir karış açık yatan arslanın başını hafif hafif okşamaya başladı.

Son derece üzüntülü bir sesle, "Zavallı Bill, zavallı koca Bill," dedi.

"Niye öyle söylediniz, neden okşuyorsunuz onu?" diye telaşla sordu Josefa.

Givens, yüce gönüllülüğü üzüntüsüne baskın gelen kişilerin edasıyla, "Tabii, sizin haberiniz yoktu, Miss Josefa," dedi. "Sizin hiçbir suçunuz yok. Onu kurtarmaya çalıştım, ama sizi zamanında uyaramadım."

"Kimi kurtarmaya çalıştınız?"

"Bill'i kurtarmaya çalıştım. Sabahtan beri onu arıyordum. İki yıldır kampta bize arkadaşlık ediyor; maskotumuz olmuştu âdeta. Zavallı dostum benim, minicik bir tavşanın bile canını yakmazdı o. Olanları duyunca bizim çocuklar çok üzülecekler. Ama siz bilemezdiniz tabii, Bill'in sizinle sadece oynamak istediğini nereden bilebilirdiniz?"

Josefa'nın kömür gözleri birer kor gibi Givens'e dikilmiş, ayrılmıyordu. Ripley Givens bu sınamaya başarıyla dayanıyordu. Dikildiği yerde, düşünceli düşünceli açık kumral saçlarının buklelerini karıştırıyordu. Hafif tertip serzenişle karışık, derin bir üzüntü okunuyordu gözlerinde. Pürüzsüz yüzünün aldığı ifade de bu üzüntünün gerçekliği konusunda en ufak bir kuşku bırakmıyordu. Josefa tereddüt geçirmeye başladı.

Son bir direnme çabasıyla, "Peki, maskotunuzun burada işi neydi?" diye sordu. "Beyaz At Geçidi'nde hiç sığır kampı yok ki."

Givens hazırcevaplıkla, "Koca çapkın, dün kamptan kaçtı," dedi. "Çakalların şimdiye kadar korkudan onun ödünü patlatamamaları şaşılacak şey. Bizim at terbiyecisi Jim Webster geçen hafta kampa bir av köpeği yavrusu getirmişti. Köpek, bizim Bill'in hayatını zehir etti: Kampın çevresinde Bill'i saatlerce kovalar, arka ayaklarını dişlerdi onun. Gece bastırdı mı, Bill, köpek onu bulmasın diye bizim arkadaşlardan birinin koynuna girer saklanırdı. Herhalde, köpeğin verdiği rahatsızlık yüzünden canına tak demiş olacak, yoksa kaçmazdı. Kamptan azıcık uzaklaşmaya bile korkardı."

Josefa, yırtıcı hayvanın leşine baktı. Givens, arslanın, bir vuruşta bir tosunu öldürebilecek güçteki korkunç pençesini hafif hafif okşuyordu. Kızın esmer yüzüne ağır ağır bir kırmızılık yayılmaya başladı. Gerçek bir avcının, av diye son derece önemsiz bir hayvanı vurmasından ileri gelen bir utancın işareti miydi bu kırmızılık acaba? Josefa'nın bakışları yumuşadı ve alt göz kapaklarında beliren damlacıklar gözlerindeki bütün o ışıltılı alaycılığı sildi götürdü.

Alçakgönüllülükle, "Gerçekten de çok üzüldüm," dedi; "ama o kadar iriydi, sonra o kadar da yükseğe sıçramıştı ki..."

Givens, merhumu savunma amacıyla hemen atılarak, "Zavallı Bill'in karnı çok acıkmıştı besbelli," dedi. "Kampta ona yiyeceğini vermek için hep havaya sıçratırdık onu. Bir parçacık et için yerlere yatar, yuvarlanırdı. Sizi gördüğü zaman, yiyecek bir şey vereceğinizi sandı."

Aniden Josefa'nın gözleri yusyuvarlak açıldı.

"Sizi vurabilirdim!" diye bağırdı. "Hayvanla silahım arasına girdiniz. Arslanınızı kurtarmak için canınızı tehlikeye attınız! Büyük bir fedakârlık doğrusu, Mr. Givens. Hayvanlara sevecen davranan erkekleri severim."

Evet; Josefa'nın bakışlarında şimdi bir hayranlık bile vardı. Eh, ne de olsa fiyaskoyla sonuçlanmış bir oyunun yıkıntıları arasından yükselmekte olan bir kahramanla karşı karşıyaydı kız. Givens'in yüzündeki ifade ona Hayvanları Koruma Derneğinde önemli bir yer kazandırabilirdi.

"Öteden beri severim hayvanları," dedi Givens; "atları, köpekleri, Meksika arslanlarını, inekleri, alligatorları!"

"Ben alligatorlardan nefret ederim," diye derhal itiraz etti Josefa; "yerlerde sürünen çamurlu, pis yaratıklardır onlar!"

"Alligator mu dedim ben?" dedi Givens. "Yanlış söyledim; antilop diyecektim tabii."

Josefa'nın vicdanı, kendini bağışlattırabilmek için başka girişimlerde de bulunmaya zorluyordu onu. Pişmanlık duyan bir insan tavrıyla elini uzattı Givens'e. Gözlerinde birer damla yaş pırıldıyordu.

"Beni bağışlayın, ne olur, Mr. Givens; bağışlayacaksınız, değil mi? Ne de olsa bir kızım ben, biliyorsunuz, onun için arslanı görünce korktum. Bill'i vurduğuma çok, pek çok üzgünüm. Ne kadar büyük bir utanç duyduğumu bilemezsiniz. Bilseydim eğer, dünya yıkılsa yapmazdım böyle bir şey."

Givens, kızın uzattığı eli tuttu. Yüce gönüllülüğüyle, Bill'in kaybından doğan üzüntüsünü unutmaya çalışırken, Josefa'nın elini de bir süre bırakmadı avucundan. Artık Josefa'yı bağışladığı açıkça anlaşılıyordu.

"Ne olur, artık Bill'in sözünü etmeyin, Miss Josefa," dedi. "Bill'i görünce hangi kız olsa korkardı tabii. Ben durumu arkadaşlara gerektiği biçimde anlatırım."

Josefa bir içtepiyle Givens'e sokulurken "Sahi benden nefret etmiyor musunuz?" diye sordu. Gözleri ne tatlıydı, ya Rabbi – ah, ne tatlı, ne pişmanlık duyan bakışlardı onlar! "Benim kedimi birisi öldürse, ben ondan nefret ederdim doğrusu. Hele onu kurtarmak için silahın önüne atılıp canınızı tehlikeye koymanız ne büyük bir cesaret, ne yüce gönüllülüktü öyle! Bunu dünyada yapabilmiş ne kadar az erkek vardır!"

Galip sayılır bu yolda mağlup! Vodvil, drama dönüşmüş bulunuyor! Bravo, Ripley Givens!

Hava iyiden iyiye kararmıştı. Miss Josefa'nın çiftlik evine kadar yalnız gitmesine izin verilemezdi pek tabii. Givens, yorgun hayvanının sitemli bakışlarına rağmen midillisini eyerledi ve Josefa'yla birlikte yola çıktı. Prenses ve hayvansever erkek, çayırda yan yana bir süre dörtnala yol aldılar. Çevrelerindeki hava, verimli toprağın, kır çiçeklerinin yoğun, tatlı kokularıyla yüklüydü. Ötede, tepede çakallar uluyormuş! Ne çıkar! Bununla birlikte Josefa atıyla biraz daha sokuldu Givens'e. Karanlıkta ufacık bir el, onun elini arıyor gibiydi. Givens elini uzatıp Josefa'nın elini buldu. Midilliler yan yana, aynı kararda yürüyordu. Birbirine kavuşan eller uzun süre ayrılmadı ve ellerden birinin sahibi açıklamada bulundu:

"Hayatımda korku nedir bilmezdim ben, ama bir düşünün! Ya sahiden de yabani bir arslan olsaydı, ne feci olurdu! Zavallı Bill! Benimle birlikte geldiğinize çok iyi ettiniz doğrusu; Mr. Givens!"

O'Donnell, çiftlik evinin verandasında oturuyordu.

"Merhaba, Rip!" diye bağırdı; "sen misin?"

"Benimle birlikte geldi," diye açıkladı Josefa. "Yolumu kaybettim de, geciktim."

Sığır kralı, "Çok teşekkür ederim," diye seslendi. "Geceyi burada geçir de, kampa sabahleyin dönersin, Rip."

Ama Givens kalamazdı. Dörtnala kampa dönmesi gerekiyordu. Sabahleyin toparlanıp yola çıkarılacak bir sürü vardı. İyi geceler dileyip atını tırısa kaldıran Givens oradan ayrıldı.

Bir saat sonra, ışıklar sönünce geceliğini giymiş olan Josefa odasının kapısına çıktı ve geniş tuğla döşeli koridorun öbür ucundaki odasında oturmakta olan krala seslendi:

"Şey, babacığım, hani şu, 'Yarık Kulaklı Meksika Şeytanı' dedikleri arslan var ya - hani, Mr. Martin'in koyun çobanı Gonzales'le, Salada Çiftliği'nden elli kadar danayı öldüren arslan? Bu akşamüstü Beyaz At Geçidi'nin orada leşini yere serdim onun. Tam üstüme sıçradığı sırada, daha havadayken benim 38'likle iki kurşun yapıştırdım kafasına. Koca Gonzales maşetiyle kulağından bir parça kopartmıştı; ben de kulağının kesiğinden tanıdım onu. Sen bile benimkinden daha güzel bir atış yapamazdın, babacığım."

Sessiz Ben, kraliyet yatak odasının karanlığı içinden, "Hadi, hadi, böbürlenme o kadar!" diye gürledi.